書下ろし

千年花嫁

京 神楽坂咲花堂

井川香四郎

祥伝社文庫

目次

第一話　千年花嫁

一

紅白の梅の花が咲いて、馥郁《ふくいく》たる香りが漂っている。

桜はまだ蕾《つぼみ》も開いていないが、鴨川《かもがわ》沿いの土手や霞《かす》んでいる東山《ひがしやま》の山麓《さんろく》には、春らしい光が広がっていた。

高瀬川《たかせがわ》には、舳先《へさき》が高くて底の平らな川舟が、荷物を高く積んで、何艘《そう》も往来している。わずか二間《けん》半ばかりの川幅で、川底は浅い。擦れ違うのも気を遣うほどの窮屈《きゅうくつ》さである。

この高瀬川は二条《にじょう》通近くの〝一之舟入《いちのふないり》〟という所から始まり、鴨川と並行に流れて南下する。五条《ごじょう》、七条《しちじょう》、東九条《ひがしくじょう》を抜け、南松ノ木町《まつのきちょう》で鴨川を横切り、さらに稲荷《いなり》や竹田《たけだ》の田畑を流れて、三栖《みす》で宇治川《うじがわ》に合流する。およそ二里半の長い水路である。

下りは船頭が乗っているが、上りは川端の曳舟道《ひきふねみち》を歩いて、何人かで高瀬舟を引いている。足半《あしなか》という踵《かかと》のない特別な草履《ぞうり》で踏ん張る、大変な力仕事である。上りは下りの倍も時がかかるという。

五条辺りに来る上りの高瀬舟に、純白の花嫁衣装を着た娘が乗っていた。角隠《つのかく》しの上に俯《うつむ》き加減、さらに日除けの薄い白布を垂らしているため、顔はよく見えない。が、しゃんと背筋を伸ばして座り、微かに見える細い面差《おもざ》しに紅色のおちょぼ口は、さぞや美人であろうと誰もが振り返っていた。

同乗しているのは供の女中らしき老女と若い下男だけであった。

「通りまっせ。先に行かせて貰《もら》いまっせ」

川幅は狭いので、曳舟役の船頭が行く手に声をかけていたが、他の高瀬舟は当然のように避けていた。

花嫁は〝戻してはならぬ〟という配慮から後退させたり、〝傷物にしてはならぬ〟と接触したりすることのないように、擦れ違う舟は対岸の方に寄せる。材木《ざいもく》問屋《どんや》や炭問屋が並ぶ船着場に停泊している舟も、追い越しやすいように〝舟入《ふないり》〟や〝舟廻し〟という転換所に入って進路を譲った。

後に続く舟には、嫁入り道具が載せられているが、それを被《おお》った錦織《にしきおり》の布には、扇地紙《おうぎじがみ》に鳩酸草《かたばみ》の家紋が染められている。角倉《すみのくら》家ゆかりのものである。

角倉家といえば、金座《きんざ》となった後藤《ごとう》家や家康《いえやす》を支えた茶屋《ちゃや》家と並ぶ、京の大富豪である。その一族である角倉了以《りょうい》と素庵《そあん》の父子が、徳川《とくがわ》時代の京の繁栄を築いたと言っても過言ではない。高瀬川を開削《かいさく》したのも、角倉家の手によるものだ。それゆえ、船頭や舟人足《ふなにんそく》たちは敬意を表するように見送っていた。

「間もなく〝京角倉家〟ですな……いとさん……大坂淀屋橋《おおさかよどやばし》からの長い船旅、ほんにご苦労さんどした」

感慨深げに女中が、花嫁の背中に声をかけた。大坂からは淀川《よどがわ》を上り、宇治川の三栖浜で高瀬川の舟に乗り換え、竹田村を経《へ》て伏見《ふしみ》で一泊した。ここには、実家である廻船《かいせん》問屋『吉田屋《よしだや》』の別邸があるのだ。

伏見は、参勤交代の通り道でもあるため、大名屋敷が多かった。実家の淀屋橋から中之島界隈《なかのしまかいわい》には、諸藩の蔵屋敷ばかりであった。『吉田屋』は、ほとんどが武家相手の商売をしていた。それゆえ、伏見にも店と寮を兼ねた屋敷があったのだ。

伏見稲荷は商売繁盛を願う商人が参拝する神社であるから、『吉田屋』の主人・光右衛門《みつえもん》をはじめ奉公人や家人は、毎年の正月に詣《もう》でていたが、此度《こたび》は「お嫁に行きます」という報告に立ち寄ったのだ。

「いとさんが生まれてから、二十年……乳母《うば》役の不肖《ふしょう》、私……杉江《すぎえ》は本当の母親のつもりで、身近に仕《つか》えさせて戴きました……まさか、お母様があんなに若くして病《やまい》に倒れるとは思ってもみませんでしたが……私なりに頑張ったつもりでございます」

花嫁は黙って俯いたまま、女中の話すのを聞いている。

「それが今日を限りに、お別れになるとは、ああ、悲しゅうて悲しゅうて……腹を痛めた娘を見知らぬ男に奪われる思いで……いっそこの高瀬川に身を投げて死にとうございます。ああ、ああ……」

さめざめと勝手に嘆いている女中に、花嫁は前を向いたまま、

「歌舞伎《かぶき》の見過ぎじゃないのんか。高瀬川は膝《ひざ》ほどしか水嵩《みずかさ》がない。だから、高瀬ちゅうんでしょ。ここで、溺《おぼ》れますかいな」

と笑いを嚙《か》み殺すように言った。

「——彩華《あやか》様……それはないでしょ。気持ちはほんまどっせ」

「身投げするなら淀川でも宇治川でもできたやないか、あはは。杉江さん。あんたの何かあったら身投げするだの首を括《くく》るだのというコケ脅《おど》しも、今日でしまいや。せいせいするわいなあ」

花嫁らしからぬケロッとした物言いに、杉江は少し泣き出しそうになって、

「もう、ほんまどっせ……今度ばかりは、ほんまに、うち……うち、ほんまに寂

しゅうてかなわんのです」

と袖を目元にあてがった。

「ほんま、鬱陶《うっとう》しいなあ……これ、どないにかならんか」

「鬱陶しい……そんなに私のことが……」

「あんたのことちゃうがな。あれや……五条あたりから、ずっとこんもりと土手みたいに盛り上がって、おまけに鬱蒼《うっそう》とした竹林に被《おお》われて……なんか化け物でも出てきそうやな」

彩華と呼ばれた花嫁は、行く手に向かって左手を見やりながら呟《つぶや》いた。

「あれっ、て……？」

「それやがな」

川端に軒を並べる材木問屋や炭問屋の向こうに、三間足らずの小高い土塀が、高瀬川と並行してあり、それが二条のその先の方まで続いている。竹林が覆《おお》い被さってきそうな情景である。伏見から川を上って近づいてくるたびに迫ってきて、だんだん煩《わずら》わしく感じるようになってきたのだ。

「おや、まあ。なんちゅうことを……鬱陶しいだの、幽霊が出そうだのと、バチが当たりまっせ、彩華様……これが帝《みかど》のおられる内裏《だいり》でございますがな」

「へえ、この中に帝様が」

花嫁は改めて竹藪《たけやぶ》を見上げると、ゆっくりと過ぎる土塁《どるい》を杉江も眺めながら、

「この高いのが〝御土居《おどい》〟ですがな。それも知らないんですか。この高瀬川を造り、かつては御土居藪《おどいやぶ》御支配だった角倉家の子孫とは思えない言いっぷりですなあ」

「そやかて京には、五歳くらいから来たことありませんもん」

「たしかに、そうですが……見れば分かりまっしゃろ。この御土居の中が洛中《らくちゆう》といって、都の中心ですわ。あちゃこちゃに六つか七つ門があって、出入りできる人は限られているとか」

「へえ……ややこしいなあ。大坂なんか、誰が何処《どこ》へ行こうが勝手やし」

御土居とは、豊臣秀吉《とよとみひでよし》が天下を取った天正《てんしよう》年間に、まるで〝長城《ちようじよう》〟のように帝の御所を中心に、公家《くげ》の住む町を取り囲んだ土塀のことである。高さは三間弱、上底の幅も同じく三間弱、下底の幅が十一間余りの台形の防壁で、その斜面には竹が植え込まれて、林となっていた。

さらに、その外には堀が設けられ、全長で六里ほどの囲いである。その東西には、鴨川と紙屋川《かみやがわ》という自然の堀川もあり、御土居の堀沿いのあちこちには、

た。

「是《こ》れより洛中」という札が立てられていた。

戦国大名からの攻撃や鴨川の氾濫《はんらん》から、大内裏《だいだいり》を守るのが御土居の役目だった。が、徳川泰平《たいへい》の世になっても残されており、〝御土居藪〟と呼ばれていた。無用の長物との批判もあったが、鴨川が決壊したとき内裏を守ったこともある。しかも、ここの竹藪は建築材料として使われ、内裏や仙洞御所《せんとうごしょ》はもとより、二条城《にじょうじょう》や上賀茂《かみがも》神社、伏見稲荷の祭礼や、将軍家の茶壺を保管する矢来《やらい》などとしても使われた。〝御土居竹〟という格式ある貴重な名品であったのである。

「へえ、そうなんや……杉江はなんでも物事に詳しいなあ」

彩華が感心すると、杉江は呆《あき》れた声で、

「これから京で暮らす人なんですから、きちんと学んでおかないとバカにされまっせ。都の人は、いけずなのが多いさかい」

「それは僻《ひが》みというものでっせ。私のご先祖さんは、みんな立派でええ人やと聞いてます。自分よりもまずは人様が大事やと。角倉家もそうやないか。儲けた金はぜんぶ世の中のために使い、決して名利を求めてもいまへん」

「おっしゃるとおりですが……京の町は角倉家の人々のような人ばかりとは違います」

「講釈師みたいに、見てきたようなこと言うてからに」

「ほんまですよ。特にちょっと気の短い、お転婆《てんば》の、あまのじゃくで、何かあったら自分ひとりで突っ走り、周りと折り合うことを知らんいとさんとは、水と油ですさかいな」

「もうええ、もうええ。綺麗《きれい》な白無垢《しろむく》が汚れてきますわ」

ゆっくりと高瀬舟が上っていき、長州《ちょうしゅう》藩の立派なお屋敷を過ぎると、二条通の手前に大きな町屋敷が見えてきた。高瀬川と木屋町《きやまち》通を挟むように、立派で偉容な構えである。かといって、武家屋敷のように威圧するものではなく、禅寺の質素を極めたような品格のある黒塀の屋敷だった。

そこに〝一之舟入〟という、高瀬舟を方向転換させたり、停泊させたりする広い堀がある。木屋町通を挟んで、鴨川沿いにはやはり雰囲気のよい別邸がある。

ここが、樋之口《ひのくち》屋敷とも呼ばれているのは、鴨川から引き込んだ〝みそそぎ川〟という水路によって、高瀬川に水を取り入れる場所だからである。

〝一之舟入〟から直《じか》に角倉屋敷に入れるようになっているが、その船着場に、羽織姿の上品な初老の男が立っていた。

角倉家の当主・玄匡《はるまさ》である。角倉了以から数えて十代目である。

髷や鬢には白いものが混じっているが、幕府の御家人の身分でもあり、京都河原町奉行《かわらまちぶぎょう》という立場で御土居の門を守り、町政を預かっている。江戸で言えば、町年寄みたいなものである。

もっとも、京都町年寄としては正式な者がおり、享保《きょうほう》年間からは京都町奉行に認可された者が、各町にひとりいた。まさに町人自治が原則であったのだが、江戸の奈良屋《ならや》、樽屋《たるや》、喜多村《きたむら》のような権限があるわけではない。町触《まちぶれ》の伝達や犯科人の取締りをする程度の役割だった。

「——美しいでんなあ……花嫁御寮はん。お待ちしておりましたでえ」

玄匡は穏《おだ》やかなえびす顔になって、船着場に舷《げん》を寄せる高瀬舟の彩華に、大袈《おおげ》裟《さ》なくらい深い溜息《ためいき》混じりの声をかけた。

杉江が恐縮して思わず立ち上がると、舟が傾いて揺れたので、危うく花嫁が川に落ちそうになった。

「これはこれは、ご当主様が直々にお出迎え、恐縮でございます」

「杉江はんか。先だっては嫁入り支度《じたく》のことで色々と、ご苦労さんどしたな」

「と、とんでもありません。こ、こちらこそ、お世話になりっぱなしで」

さっきまでの態度と違って、えらく揉み手の杉江を振り返って、彩華は思わ

ず、

「いけずな人が多いと言うてましたなあ」

と少し京訛《なま》りを真似《まね》て言った。

「な、何の話ですか、いとさんたら……」

杉江は愛想《あいそ》笑いを浮かべ、船頭や手代らが引き寄せる舟から、花嫁を介添《かいぞ》えして船着場に降ろした。玄匡は京随一の富豪らしからぬ愛嬌《あいきょう》のある顔で、気さくに杉江にも手を差し伸べた。

「も……勿体《もったい》のう、ございます……」

思わず手を引っ込める杉江の腕を、玄匡はしっかりと摑《つか》んで、

「遠慮せえでも、ささ、まずは甘いもんでも食べて、疲れを癒《いや》しとくれやす」

と笑顔を向けた。

彩華よりも杉江の方が、花嫁にでもなったように緊張していた。

二

嵯峨野《さがの》にある〝花の家〟と称される角倉家の屋敷同様、ここも小堀遠州《こぼりえんしゅう》によ

る枯《か》れ山水《さんすい》の庭が広がっており、綺麗に剪定《せんてい》された松や植え込みが美しく燦《きら》めいていた。

竹垣の向こうの清涼な水は、鴨川から引き込まれており、高瀬川に流れ込んでいる。

花嫁衣装から屋敷用の振袖に着替えた彩華は、杉江とともに奥座敷に誘《いざな》われた。白無垢衣装と金襴緞子《きんらんどんす》は衣桁《いこう》に掛けられている。この屋敷で一泊してから、角倉家から出すという体裁《ていさい》で嫁ぎ先に向かうのだ。

角倉家の始祖は鎌倉《かまくら》時代の武将で、源頼朝《みなもとのよりとも》や義経《よしつね》のいとこにあたる佐々木厳《ささきかね》秀《ひで》である。兄はかの『平家物語《へいけものがたり》』や『源平盛衰記《げんぺいせいすいき》』に登場する名将・佐々木高《たか》綱《つな》だ。その厳秀が、近江《おうみ》の吉田庄《よしだのしょう》に領地を貰い受け、「吉田」と名乗った。これが角倉の始まりである。

厳秀から九代目に当たる徳春《とくしゅん》という人物は、足利《あしかが》将軍家に医者として奉公し、隠居をしてから京の外れにある嵯峨の角倉の地に暮らすようになり、「角倉」の姓を名乗るようになった。

さらに時代が二代下り、宗忠《そうちゅう》が土倉《どそう》と酒蔵、帯座《おびざ》などによって財を成すようになる。土倉も酒蔵も今で言えば金融業者であり、帯座は西陣織《にしじんおり》に付随する形で、帯を独占的に作り売っていた問屋仲間だ。宗忠はその〝座頭《ざがしら》〟に就《つ》いていた。

この宗忠がいわば角倉家の中興《ちゅうこう》の祖で、その子供である光治《みつはる》、宗桂《そうけい》、光茂《みつしげ》という優れた人物が出た。光治は商《あきな》いの才覚を発揮し、その子の栄可《えいか》が角倉家を京で一番の富豪にしてゆく。

次男の宗桂は、戦国武将が尊敬した曲直瀬道三《まなせどうさん》に弟子入りし、歴史に名を残すほどの名医となった。足利将軍家の御殿医を務め、始祖の姓を戴いて吉田宗桂と名乗った。この宗桂の長男が角倉了以であり、孫が素庵である。

角倉了以と素庵は、父子といっても十七歳しか離れていない。ゆえに、同志のように商売に熱を入れて没頭した。

朱印船《しゅいんせん》で、安南《あんなん》、シャム、ルソンなどと交易《こうえき》を行い、莫大《ばくだい》な利益を得た。この財を使って、保津川《ほづがわ》という未踏の急流を開削し、丹波《たんば》からの材木や特産物などを京にもたらすための水運事業を担《にな》ったのである。筏《いかだ》などの到着点である船着場に、名勝となる渡月橋《とげつきょう》を造ったのも、角倉家であった。

角倉家の直系が、今の当主の玄匡であるが、素庵の又従兄弟《またいとこ》になる周庵《しゅうあん》の三男が、吉田光由《みつよし》という稀代《きだい》の数学者である。素庵の援助のもと『算法統宗《さんほうとうしゅう》』の研究を行い、寛永《かんえい》年間に後の算術書の大本となる『塵劫記《じんこうき》』を書いた人物だ。むろん、これら数学は河川《かせん》の開削技術に役立った。

この吉田光由の子孫が彩華の父親であり、『吉田屋』を屋号として、角倉家を彷彿《ほうふつ》とさせるような廻船問屋を、大坂淀屋橋に構えて営んでいるのだ。

つまり、彩華の祖先は角倉家中興の祖である宗忠であり、一族の始祖である吉田庄の徳春なのである。この由緒《ゆいしょ》ある角倉家から、嫁に出すという体裁には、色々な意味合いや都合があった。

「――それにしても、彩華はん……馬子《まご》にも衣装とは、このことでんなあ」

屈託《くったく》のない笑顔で玄匡がからかうと、彩華は袖で叩く仕草をして、

「ほんま、いけずやわあ」

「冗談でんがな。私がこいさんを見たのは、大坂に下ったおり、もう十年程前のことやさかいなあ……あの頃は、垂れ目の鼻ぺちゃで、どないなるんやろと思うてたけど、これはこれは吃驚《びっくり》しましたわ。まさしく三国一の花嫁ですわい」

「たしかに小さい頃は、ぶさいくと店の奉公人にもからかわれてました」

「お母さんに似てきて、よろしおましたな。角倉の顔やったら、こんなんでっせ」

玄匡は自分の顔を指して笑った。彩華も遠慮のない嬌声《きょうせい》を上げたが、杉江はニコリともせず緊張の面持ちだった。

「どないしました、杉江さん」

気を遣って玄匡が尋《たず》ねると、杉江は真顔のまま、

「どこまで本心なのか、考えてるんです」

「ええ？」

「『ぶぶ漬けでも食べますか』と言われて、ほんまに食べたら呆れられるし、『今、何時でっしゃろなあ』と訊《き》かれて、暮れ六《むつ》ですかなと答えたら野暮《やぼ》やと思われるし……大坂みたいに、『用事あるさかい、もう帰って』と素直に言わはったらええのに」

「ま、そりゃ、大坂と違《ちご》うて、京は土地も狭いし、人の付き合いも濃いさかいな、人の気持ちを忖度《そんたく》するちゅうやつですわ」

あっさりと玄匡は答えて、少し表情を硬くし、彩華に向き直った。

「――そんなことより、こいさん……ほんまに、あんな所に嫁に行って、よろしいんでっか。いや、別に私は、先様の悪口を言いたいのやおまへんで。彩華はんの本当の気持ちを知りたいんどす」

「ええ。嫁に行くのを楽しみにしてます」

「ほんまどすか」

「生まれたときから、親同士が決めてたことやし、私がどないこない言うても仕方がないことです。ご先祖さんたちも、引きつり引っ張りと言うんですか、親戚同士で夫婦《めおと》になるのは当たり前でしたでしょ。でも、私たちは親戚同士じゃありませんし」

「そりゃ昔は……角倉了以さんかて、栄可さんちう従兄弟の娘を貰《もろ》うてるし、その子の素庵さんも、又従兄弟を嫁にしてますしな……でも、今時、親が決めるというのも、残酷な話ですがな」

「残酷ですか……伯父《おじ》さんは面白いことを言いますなあ」

血縁上は伯父ではないが、彩華はそう呼んでいる。玄匡の方も娘がいないからか、姪《めい》っ子を愛《いと》おしむような目になって、

「まあ、光由さんの流れを汲《く》むだけあって、彩華はんは小さい頃から、算盤《そろばん》が得意で、親戚の者もみんな吃驚してたとか」

「ええ、算盤の音が子守歌でしたから……吉田光由さんの師匠は、毛利重能《もうりしげよし》という人で、明《みん》国から算盤を持ち込んだ人と聞いてます。その弟子筋に、かの和算家

の関孝和《せきたかかず》もいるとか」

「さいです。そやから、こいさんも計算がチャッチャと弾けるんでっしゃろ。にも拘《かか》わらず、選《よ》りに選って上条家《かみじょう》に嫁ぐとは……とんだ計算違いと思いましてな」

　上条家とは、松原通東洞院《まつばらどおりひがしのとういん》にある、刀剣目利《めき》き『咲花堂《さくはなどう》』のことである。

「前々から体の調子が良くなかった上条雅泉《がせん》さんが亡くならはって、綸太郎《りんたろう》さんが当主を継ぎましたが、どうも……」

　玄匡は少し首を傾《かし》げて口ごもったが、この際、話しておいた方がよいと思ったのか、意を決したように続けた。

「こいさんが人身御供《ひとみごくう》のようになった気がしてならしまへんのや」

「……」

「気分を悪うせんと聞いてな。上条家といや、公儀刀剣目利き所の本阿弥《ほんあみ》家に繋がる家柄や。分家とはいえ、代々、優れた目利きが出ています。本家に遠慮して、書画骨董屋《しょがこっとうや》と名乗ってますが、刀剣目利きが本業だということは、京の者なら誰でも知ってます」

「はい……」

「ですが、世の中も変わってきたし、刀剣の磨研《とぎ》、浄拭《ぬぐい》、鑑定《めきき》だけで暮らすのは難しゅうなってしもた。京や伏見には武家屋敷は仰山《ぎょうさん》あるといっても、元は公家や僧侶、町人の町だったさかいな。そやから、書画骨董に纏《まつ》わる色んな商いをしたけれども、借金こさえたり、客に騙《だま》されたり、奉公人に裏切られたりして、とうとう店を畳まないといけなくなったんは、こいさんも重々、知ってますわな」

「もちろんです。私の父は、いえ、ずっと前の代から、『咲花堂』の上条家とは古いお付き合いと聞いてます。そやさかい、『咲花堂』を潰《つぶ》すのは忍びない、勿《もっ》体《たい》ないというて、うちが借金を肩代わりしたんです」

彩華は素直に答えた。だが、悲痛な感じではない。むしろ、楽しそうである。

玄匡はしみじみと見つめながら、

「それが可哀想《かわいそう》に思えてしゃあない……」

「あ、肩代わりというのは違いますわ。私の持参金が千両ですさかい。それで、ご実家の借金を返して、吉田神社のある神楽岡《かぐらおか》の下、神楽坂《かぐらざか》に店を出さはったんですよ」

「――なんとも思わんのかね」

「持参金をどう使おうと、嫁ぎ先の勝手次第と思うてますさかい」

「これは豪気な……」

感心したような、いや呆れたような溜息を洩《も》らした玄匡に、彩華は微笑《ほほえ》み返した。

「その代わり、元を取るつもりですねん」

「え……？」

「私、これでも大坂商人《あきんど》の娘やさかい、京『咲花堂』の屋号を思い切り使《つこ》うて、存分に稼いでやろう思うてますねん」

「稼ぐ……」

「へえ。嫁という字の偏《へん》を〝のぎへん〟に変えたら、稼ぐになります」

「こりゃ、上手いこと言う」

玄匡はまた目尻を下げて笑ってみせると、彩華も微笑み返して続けた。

「色々と聞いた話では、綸太郎さんも先代と同じで、刀剣や書画骨董を〝売りもん〟とは考えてない節《ふし》があります。せやけど欲しい人がおって、売る人がおる。そこに、お金が介在したら、売りもんに他なりません」

「言うとおりや」

「ですから、私がしっかりと商いの〝いろは〟を教えて、旦那《だんな》様には自覚を持って貰います。刀剣や書画骨董はたしかに、優れた刀工や職人、絵師や書家によってこさえられたものやけど、結局、値打ちは金に換算してますやんか。芸や匠術《たくみ》とやらの凄さも、金でしか計れんのです」

「なるほど。よう言うてくれた」

ポンと玄匡が膝を叩くと、

「やはり、角倉の血潮が流れておるのやな。ご先祖様も大喜びや」

「そうどっしゃろか」

「だと思いまっせ。洛中にあった『咲花堂』は、洛外《らくがい》に出てもうたが、その方が案外、気楽に商いできるかもしれん」

「そうですか」

「ここかて、洛外やがな。嵯峨角倉家も、洛外も洛外。はるか遠くや」

「でも、伯父さんは御土居も見守る代官様……」

「形だけのことや。そんなことより、彩華はんが、そこまで決心しといやすなら、私が角倉一門の総領として、なんぼでも援助しまっさかいな。高瀬舟どころか、大船に乗ったつもりで、な」

玄匡はまたえびす顔になって、大きく頷《うなず》いた。

「そや……」

何か思いついた玄匡は立ち上がると、書棚から数冊の美しい煌《きら》びやかな絵草紙のような本を取り出し、彩華に手渡した。厚手の雁皮紙《がんぴし》に胡粉《ごふん》を弾いて、花鳥風月を素材にした紋様を雲母《きらら》で摺《す》ったものである。

「まあ、綺麗……」

目を丸くして、彩華は眺めた。金銀泥下絵和歌巻《きんぎんでいしたえわかまき》のような繊細優美の極みほどではないが、見る者を圧倒した。

「これが、嵯峨本《さがぼん》というものや。その昔、本はただ読むものではなくて、こうして飾り物として置いても楽しめたのやな……これを綸太郎さんに渡したら、ごっつう喜びはると思いまっせ」

「ええんですか、このような豪華な……」

「嫁入り道具のひとつでんがな。角倉から本阿弥家ゆかりの家に嫁を出すのやから、ぴったりやと思うわ」

「――なんで、です」

彩華が不思議そうに見やると、玄匡の方が驚いて、

「なんでて……嵯峨本を作ったのは、うちの祖先の素庵と本阿弥光悦《こうえつ》ですがな。そやさかい、光悦本とも呼ばれる。もちろん、絵師は俵屋宗達《たわらやそうたつ》。あの風神雷神《ふうじんらいじん》図屛風《ずびょうぶ》のな」

「えっ。そうなんですか」

驚いて腰が浮きそうになった彩華を、まじまじと見つめながら、玄匡は笑った。

「吃驚したことに、吃驚や……素庵と光悦は年こそ違うけど大親友で、宗達の嫁は光悦のいとこどっせ」

「へえ、知りませんでした……」

「それこそ、こいさんの先祖の吉田光由の嫁はんは、光悦と昵懇《じっこん》の灰屋与兵衛《はいやよへえ》という商人の娘ですわい。縁というものは、ほんまに不思議なもんやなあ……ご先祖さんの誰ひとり欠けても、自分はおらんのやさかいな」

玄匡はまだ見ぬ彩華の子や孫のことを思い浮かべるかのような表情になった。

「それより、伯父さん……上条綸太郎さんて、どんな御方なんです」

「そやな。一言で言うたら、摑み所のない奴やな。良く言えば霞《かすみ》を食うて生きてる仙人のようであり、悪く言えば世間知らずのぼんくらかな……あ、ぼんくらはあきまへんな。刀剣目利きとしては、立派な雅泉さんに負けてへんと思うけどもや……あちゃこちゃ旅して、江戸で店出《たな》したり、風来坊やな」

「風来坊……」

「ああ、それが一番、言い得て妙かいな」

「ふうん、そうですか……」

彩華が遠い目になると、玄匡はまた我が娘を見るような顔つきになって、

「一度も会《お》うたことないんやったな」

「それが、一度だけありますのんや……私が五歳くらいで、綸太郎さんは十六、七歳でしたやろか……でっぷり肥《ふと》ってたのは覚えてるけど、顔はまったく……でも、大きな背中やったのはよく覚えてます」

「大きな背中……」

「へえ。どういう経緯《いきさつ》かは知りませんが、伏見稲荷のあの長い階段を、私を背負って登っていってくれたんです……上がるたびに、遠くの京の町が見えてきましてね……」

「ほう、そんなことが」

「それだけです。思い出は」

「さよか。ほなら、嫁にいったら、その背中にたっぷりと甘えたらよろしい」

「もう、伯父さんたら、いけずやなあ」

少し頰《ほお》を赤らめる彩華と玄匡ふたりは、顔を合わせて笑った。

蚊帳《かや》の外の杉江だが、幸せそうに話す本当の父娘《おやこ》のような姿を目《ま》の当たりして、また涙がしぜんと込み上げてきた。

三

神楽岡と呼ばれる小高い山がある。吉田神社がある所だ。神楽とは神様が降りてくる場所のことである。

その麓《ふもと》から、鴨川の方に向かって緩《ゆる》やかな坂道が続いている。坂道の両側には、町屋に混じって、呉服屋、小間物屋、履《は》き物屋、茶器屋、菓子屋、茶店など間口二、三間の小さな店が並んでいた。三条や四条の先斗町《ぽんとちよう》や祇園《ぎおん》とは違う、京の外れという雰囲気だった。

大きな赤い鳥居から程近い所に、『咲花堂』はあった。本店は洛中の南の方にあったが、吉田神社が好きなので、江戸から帰ってきた綸太郎は、迷わずこの地を移転先に選んだ。

——都落ち……。

と陰口を叩く者もいたが、江戸暮らしも長かった綸太郎には、京であることに何ら変わりはない。

刀剣目利きや骨董という商いは、日用品を扱っているわけではない。人里離れたところでも、一向に不便とは感じなかった。

もっとも、急な階段の山の上にある吉田神社を参拝する人々は、かなりいた。その帰りがけに、「おや、こんな所に……」と骨董屋を覗《のぞ》く参拝客も結構いた。

茶碗ひとつ、掛け軸一幅を取っても、出会いとは不思議なもので、たまたま目についたものが俄《にわか》に気になることがある。男女が見初《みそ》め合う心に似ているだろうか。通りすがりに見ただけなのに、胸の奥に響くものがあって、足繁《あししげ》く通ってくる客もいた。

——一期一会《いちごいちえ》にしたくない。

というのも、人間らしい欲がなせる業《わざ》だった。

まだ桜色に染まっていない吉田神社だが、老若男女《ろうにゃくなんにょ》が長い階段を上り下りしている。

ひっそりとしているように見えるが、吉田神社は、伊勢神宮《いせじんぐう》のような権威ある神社である。祭神は、奈良の春日大社《かすがたいしゃ》と同じで、建御賀豆智命《たけみかずちのみこと》、伊波比主命《いわいぬしのみこと》、天之子八根命《あめのこやねのみこと》、比売神《ひめがみ》という四柱の神である。

平安京《へいあん》においては、藤原《ふじわら》氏の氏神《うじがみ》だったが、永延《えいえん》年間からは、朝廷の祭祀《さいし》を担《にな》うようになり、室町《むろまち》の足利政権の末期、文明《ぶんめい》年間からは、吉田兼倶《かねとも》による「吉田神道」の中心地となった。徳川の治世《ちせい》になってからは、吉田家は諸国の神職の任免権を与えられ、大変な権威があったのだ。

虚無太元尊神《そらなきおおもとみことかみ》という森羅万象《しんらばんしょう》を司《つかさど》る神様が祀《まつ》られており、ここにお詣《まい》りするだけで、この国の八百万《やおよろず》の神々を拝んだことになるとされていた。それゆえ、遠くから足を運んでくる人々も多かったのである。

本殿に至る桜並木を見上げながら、上条綸太郎は、

「——乙女子《おとめご》が袖ふる山に千年《ちとせ》へて、ながめにあかじ花の色香を……」

と詠《えい》じてみた。

華やいだ娘たちが赤い鳥居をくぐるのを眺めていて、思わず口から出た。豊臣秀吉が、吉野《よしの》の桜に思いを馳《は》せて詠《よ》んだ歌だ。栄耀栄華《えいようえいが》を極めた太閤《たいこう》らしくない素朴《そぼく》な歌だが、綸太郎も目の前を通り過ぎる、娘盛りの振袖姿を眺めていた。

「若旦那。何をボサーっとしてるんですか」

背後から苛《いら》ついた声がかかった。

振り返ると、鉢巻きに襷《たすき》がけの峰吉《みねきち》が、箒《ほうき》を片手に立っていた。

「おう、峰吉。久しぶりやな」

「寝惚《ねぼ》けてるんでっか。もう十日も前、若旦那が江戸から帰って来る前から、ずっとここにおりますがな」

「ああ、そやったな。『咲花堂』を辞めてから、しばらく会ってなかったから、忘れとった。あはは。無事息災でなによりだ」

峰吉は『咲花堂』の番頭として、長年、雅泉に仕えていたが、綸太郎が江戸の神楽坂に店を出した折に見張り役としてついてきて、なんやかやと面倒を見てきた。だが、寄る年波には勝てず、隠居を申し出て京に戻り、東寺《とうじ》の近くで、骨董市などを手伝いながら余生を過ごしていた。

ところが、『咲花堂』本家の雅泉が亡くなった。病がちだったとはいえ、あまりに突然のことだった。多額の借金が残っており、店がなくなるかという騒動になった。そのため、峰吉が俄に舞い戻り、親戚筋や深い付き合いのあった商家などと渡り合って、後始末をつけたのである。

「――もしかして、明日、お嫁さんが来るので、舞い上がってますか」

店の表にある床机《しょうぎ》に座った峰吉は、深い溜息をついて、

「できることなら、亡くなった旦那様にもきちんと祝言《しゅうげん》を見せてあげたかった。綸太郎はいつまでひとりでおるのや、早《はよ》う嫁を貰《もろ》うて、孫の顔くらい見て死にたい……旦那様は常々、そうおっしゃってました。うう……」

と嗚咽《おえつ》に変わった。

「相変わらず大袈裟やなあ、おまえは」

「旦那さんは、どんだけ苦労しはったと思うてるんですか。綸太郎さんが江戸に行ってた間に、色々な人に騙されました。奉公人も金を持ち逃げしたりして……若旦那が側《そば》におってあげたら、店を手放すことにはならへんかった……」

「かもしれへんな……俺が悪いのや」

「そうどす。若旦那のせいどす」

峰吉は恨《うら》みがましい目を綸太郎に向けて、

「松原通にあった店は、町一区画ありましたからな。四千三百坪《つぼ》余りあったのどす」

「へえ、そんなに広かったかなあ」

「もちろん店だけじゃのうて、色んな職人の工房やら、貸している店や町屋なんかもいれてのことですが、洛中にあってかなりの地主でっせ。松原通といえば、元々は五条通。なのに、太閤さんが方広寺《ほうこうじ》大仏殿を造って、参道にするために、鴨川下流の六条坊門小路《ぼうもんこうじ》に五条橋をつけかえた。腹立ちませんか」

「いつの話をしとんのや」

「名門中の名門の広い土地が、それがぜんぶパアになってしもたんですよッ」

「だな……」

「なにを暢気《のんき》な。見てみなはれ」

まだ充分に片付いていない店内を見廻しながら、峰吉は涙声を震わせた。

「間口かてわずか五間、奥行きがありまっさかい、なんとか寝床《ねどこ》や物置もできましたが、わずか百坪程でっせ。奉公人も私を合わせて、たったの三人……数十人も雇うてたのに、まさに都落ちでございますわい」

「数人が暮らすには充分ではないか」

「何をおっしゃいますやら。お嫁さんが来て、子供ができたりしたら、こんな所、窮屈でかないまへんで」

「そうかなあ。江戸の神楽坂の店に比べれば、かなり広々としてると思うがなあ。起きて半畳、寝て一畳というやないか」

綸太郎は先祖代々、築いてきた『咲花堂』の重みを感じてないかのように言った。それが、先代から仕えてきた峰吉には、憎たらしく腹立たしいのだ。

「それより、辞めた奉公人たちはどないしとるのや」

「若旦那に言われなくても、みんなの行く先の世話もぜんぶ私がしましたがな。店を大きくして下さい。そしたら、また御奉公したいと言うてくれる者が何人もおりました」

「さよか……悪いことしたなあ」

「そんなこと爪の先程も思うてませんでしょ。少しでも申し訳ないという気持ちがあるなら、亡き旦那さんのためにも、明日の祝言はキチンと挙げて下さいよ」

「分かっとるがな」

「前科がありまっさかいな。私は忘れてまへん」

「なんや、それ」

「若旦那が二十歳《はたち》の頃どす。ある公家の流れを汲む家柄のお姫様《ひい》との縁談。結納《ゆいのう》の席から逃げたやないですか。忘れたとは言わせませんよ。私が尻拭《しりぬぐ》いしたんどっさかい」

「いつの話をしとんのや。怨《うら》み言と寝言は、あんまり言わん方がええで」

「――ほんま、腹立つわあ……」

峰吉は少しばかり気質が強くなったのか、〝出戻り〟のせいか、綸太郎に対して厳しい態度に変わっていた。もっとも以前も、ズケズケと物は言う方だった。が、損得勘定が激しいから、儲けになると思ったら仏像のように余計なことは言わず、押し黙っていた。

「とにかく、明日の朝、私どもが二条の角倉はんの家まで迎えに出向くことになってますさかい、あんじょう頼みますよ」

「分かってる、分かってる」

「返事はひとつでよろしい。淀屋橋の『吉田屋』さんのお陰で、なんとかうちの屋号と暖簾《のれん》だけは残すことができたんですから、絶対に逃げたらあきまへんよ。絶対に……」

念を押して言う峰吉に、綸太郎はあえて訊き返した。

「何が絶対にや」

「花嫁を見ても絶対に、逃げんといて下さいよ」

と言ってから、峰吉は堪《た》えていたかのようにプッと噴き出した。

「変な奴や。何が可笑《おか》しいのや」

「そやかて……あのおかめでっせ……若旦那も覚えてまっしゃるやろ」

「彩華のことか」

「はい……小さい頃は、もうこんなんで、うひひ……」

峰吉は自分の鼻先を指で押し上げ、ほっぺたを引っ張って見せた。

「ありゃ、大きうなっても治らんな」

「おまえも会《お》うてないのか」

「へえ。ご挨拶《あいさつ》をと思うていたのですが、なんやかやと忙しくて……もっとも花婿と花嫁が祝言で初顔合わせするのは、古来よりの奥ゆかしいしきたり。楽しみでんなあ」

またプッと笑う峰吉を、綸太郎は少しきつく窘《たしな》めた。

「これ。人様の顔や身形《みなり》のことを、からこうてはあきまへん。女は気立てが一番。そして、壮健ならなによりだ」

「そやかて……ぷぷっ……まあ、ええですわ。夫になるのは若旦那やさかい」

からかうように言いかけて、峰吉は口を巾着《きんちゃく》結びする真似をして、

「これ以上はやめときますわ。また逃げ出されたら、それこそ、かなわんから」

「逃げも隠れもせんよ」

綸太郎はそう言いながらも、参拝客に混じって歩いている職人風の若い男をじっと見ていた。先刻から、何度か往来しているのを不自然に感じていたのだ。

「――峰吉。あの若い男に見覚えはないか……」

さりげなく扇子《せんす》の先で指すと、峰吉は視線を移した。

「さあ……何処《どこ》にでもいそうな男ですがね」

「さっきから店の中を覗いているようなんだが、一向に入ってこない」

「刀剣目利き『咲花堂』といや、敷居が高いですからねえ。おいそれと入れないのとちゃいますか」

「参拝客はぶらりと訪れてくれるがな」

話しているうちに、職人風の若い男と綸太郎はもろに目が合った。相手は素知らぬ顔で逸《そ》らしたが、意識は店の方に残っている。綸太郎が声をかけようとすると、その男は少し急ぎ足になって坂を下っていった。

縁台から立ち上がった綸太郎が尾《つ》け始めると、

「これ、若旦那。何処へ行きますのん」

と峰吉が声をかけた。

「近衛《このえ》さんちゃ。刀の鑑定を頼まれたのを忘れとった」

「ええ。近衛さんて、あの五摂家《せっけ》の」

「直に帰る。後は頼んだで」

「そんな、選りに選って今日じゃなくても、若旦那……どうせ、でまかせでしよ」

見送る峰吉は、苛々《いらいら》と箒を地面に叩きつけるように掃《は》いた。


西に向かって緩やかな坂道が続く。

立派な尾張《おわり》徳川屋敷を右手に見ながら下り、田畑に穏やかな陽射《ひざ》しが広がる道を会津松平《あいづまつだいら》藩の屋敷近くまできた。てっきり荒神橋《こうじんばし》を渡ると思ったら、職人風は鴨川沿いの道を北に進み、九条殿《くじょうどの》下屋敷や幾つかの寺門前を過ぎてから、鴨川を渡った。

御土居の番小屋辺りまで来ると、職人風の男はふいに賀茂川の土手道を登り始めた。この辺りは、賀茂川と高野川《たかのがわ》の合流点となっており、その間には下鴨《しもがも》神社がある。合流点から下流が「鴨川」と呼ばれている。文字通り鴨が水遊びをしているが、もうすぐ桜も咲こうかという時節なのに、寒い国へ行き損ねたのであろうか。

「——怪しい……あいつも骨董泥棒の仲間に違いない……」

　綸太郎が呟いたとき、橋の袂《たもと》で「すんまへん、お兄さん」と声をかけられた。

　振り返ると振袖姿の若い娘が立っていた。華やかな花柄で、流行《はや》りなのか、芸子のように〝だらりの帯〟に結んである。町娘のようだが、帯には懐刀を挟んでいる。

　彩華だった——が、綸太郎は目の前の小娘が嫁になる女だとは知らない。彩華の方も声をかけた男が、夫になる綸太郎とは思ってもいない。ふたりはお互い、一瞬、立ち止まって相手の顔を見た。

　ほんのわずかだが、彩華は恥じらうように口元を歪《ゆが》め、綸太郎は困惑《こんわく》して立ち尽くした。それも瞬時のことだったが、長らく見つめ合っていたような気がした。

「あっ……」

　綸太郎は職人風を目で追ったが、すでに姿は何処かへ消えていた。

「すんまへん。この辺りに一条戻橋《いちじょうもどりばし》というのは、ありまへんか」

　彩華が訊くと、綸太郎は聞き返してから、

「あさっての方角に来てますな、お嬢さん。禁裏《きんり》の向こう側、西の方ですがな」

「えっ。そうなんですか……鴨川沿いに二条から北に上がってきたので、てっきりこの辺りにある橋かと」

「鴨川に架《か》かってると思うてる人もおりますが、一条通は向こうで、中立売御門《なかだちうりごもん》のある方ですわ。筑前黒田《ちくぜんくろだ》藩屋敷の前の狭い堀川に架かってる橋でおます」

御土居藪の方を指さして教えながら、

――もしかしたら、今の奴の仲間かもしれへんな。

と綸太郎は思った。

あまりにも都合悪く、声をかけられたからである。もう一度、目で追ったが、職人風の若い男は何処へ行ったかも分からない。

一条戻橋は平安京最北の一条通にあることから、橋の向こう側は異界とされた。その昔は一条通でふたつ小さな川が合流しており、流れがぶつかってできる水泡が、魔物に汚されたものだとして恐れられていた。秀吉が千利休《せんのりきゅう》の首を晒《さら》した場所でもある。

そんな所に、若い娘がひとりで行こうとするのも妙なことだ。殊《こと》に、縁談のある人は避けた橋である。

「もしかしたら、後ろからバッサリと斬られるんじゃないやろな」

綸太郎は行きかけて、後ろを振り返った。彩華はキョトンとした顔で見ている。

「こんな話がありますのや……源頼光《よりみつ》の四天王である渡辺綱《わたなべのつな》が、真夜中に一条戻橋の袂を通りかかると、あんたのように美しい女がいて、『夜も更《ふ》けて恐ろしいので、家まで送ってほしい』と声をかけてきたのや。渡辺綱は怪しいと思うたけれど、馬に乗せてやると、美しい女はたちまち恐ろしい鬼に化けて、襲ってきたという話や……」

「そうなんですか……でも、私、そんな美しい女じゃありませんから」

「では、何をしに一条戻橋に」

「それは内緒です。願い事は人様に話すと叶わないと言いますから」

「さよか。たしかに、旅に出ても戻って来られるようにとか、逆に嫁に行っても戻ることのないようにとか、色々と話はあるけれど、あまりいい噂《うわさ》のない橋でっせ」

綸太郎はそうは言ったものの、洛中の住人ではなさそうだし、昼間とはいえ、女ひとりでは物騒だからと、渡辺綱よろしく道案内をしてやることにした。

屋敷が連なる高い塀沿いの今出川通《いまでがわどおり》を、西に向かう。辺りは、二条や伏見、桂宮《かつらのみや》など公家の屋敷が並んでいる。人通りは少なく、擦れ違う人も同じ洛中の者同士ということからか、さりげなく頭を下げ合っていた。

御土居の内側が洛中というわけではなく、北は鞍馬口《くらまぐち》が境目であった。洛中は、標柱にもあるとおり、馬から下りて手綱《たづな》をしっかりと持ってなければいけない。暴走を避けるためだが、人の歩くのもゆっくりしていた。

大坂のように年がら年中、忙しげに大声を掛け合いながら、小走りで動き廻っている商人たちとは違うなあと、彩華は思った。

──ほんま、都に比べたら、大坂はコマネズミやな。

だが、これからは都人になる。生まれもっての性《しょう》に合うか合わないかは、旦那さん次第だろうなと彩華は呟いた。その声がまるで聞こえたかのように、

「えっ？」

と綸太郎が振り返った。

「いいえ、何でもおまへん……お兄さん、どこぞに用事があったのではありませんか。わざわざ、ごめんなさいね」

彩華が微笑み返すと、綸太郎も笑みを浮かべて、

「急ぎの用でもありまへんし……」

今出川御門を入った所に、刀の鑑定を頼まれていた近衛家はある。だが、綸太郎はそのまままっすぐ行き、備前池田《びぜんいけだ》屋敷の手前を左に折れ、武者小路通《むしやのこうじどおり》に出て西堀川《にしほりかわ》に向かって歩いた。内裏を横切るほどの結構な道のりである。

「ここが、一条戻橋や」

綸太郎が袂に立つと、彩華も寄り添うように近づいて、

「小さな橋ですねえ……」

「なんちゅうこともない橋でっしゃろ」

「ええ……」

「見てのとおり武家屋敷ばかりで、鴨川側から比べたら静かなもんでしょ。この先も、ほとんどが寺社地で深閑《しんかん》としてて、紙屋川にぶつかりますが、御土居の竹藪があって、そこまでが洛中ですな。一応……」

「一応……というのは」

「やはり、ここから一番近いのは、中立売御門やけど、蛤《はまぐり》御門《ごもん》、下立売《しもだちうり》御門、堺町《さかいまち》御門、寺町《てらまち》御門、石薬師《いしやくし》御門、乾《いぬい》御門などの内側の禁裏や仙洞御所を囲むように、お公家はんが住んでる所が、ほんまの洛中かな」

「へえ……都はやっぱり、そうやって〝敷居〟があるんですねえ」

彩華が溜息混じりに言いながら、一条戻橋を渡った。逆から、つまり御所側から渡ったら縁起がよいとの言い伝えもあるので、綸太郎は黙って見ていた。

「ほなら、俺はここで」

「おおきに。お手間取らせました」

綸太郎が背中を向けて立ち去るのを、彩華はしばし見送っていた。その彩華の背後から、そっと忍び寄る男がいた。先程まで、綸太郎が尾行していた若い職人風である。

職人風はいきなり、彩華に後ろから抱きつくような格好で、帯に挟んでいた懐刀をサッと奪い取った。強く彩華を押しやると、身を翻《ひるがえ》して逃げ出した。悲鳴を上げることもできない彩華だったが、気配を感じたのか、振り返った綸太郎がすぐに駆け戻ってきた。

「どないしたのや」

よろりと崩れる彩華は、逃げていく職人風を指さした。男は韋駄天《いだてん》で、西堀川通を南に向かって走っている。

「懐刀を……あれは私の守り刀なんです」

悲痛な声を洩らすと、綸太郎は両肩を支えながら、

「そこのお寺の門内に入って待ってなさい」

と、すぐ近くの上行寺《じょうぎょうじ》を指し、自分は裾《すそ》を捲《まく》って男を追いかけた。

「おい！　待て！」

綸太郎が疾走していくのを、彩華は心配そうに目で追っていた。

そのままふたりとも通りを中立売御門の方に曲がり、姿が見えなくなった。言われたとおり、彩華は寺の門内で待っていたが、綸太郎が帰ってくることはなかった。

四

「ええッ。守り刀を盗まれたですって」

杉江が屋敷中に聞こえるほど、素っ頓狂《すっとんきょう》な声を上げたので、奥の部屋で書見《しょけん》をしていた玄匡が駆けつけてきた。

彩華は今し方あったことを話したが、玄匡よりも杉江の方が怒りに震えて、

「だから言わんこっちゃないでしょうが。ひとりで黙ってお屋敷を出てったりす

るから、こんな目に遭《あ》うんです。明日が祝言やというのに、何を考えてるのや、ほんまに」

と叱《しか》りつけるように言った。

「出戻りにならんようにと、一条戻橋に……」

「そんな縁起でもない」

「まあまあ、杉江さん。ちゃんと見張りをつけてなかった私が悪い」

玄匡は落ち着くように杉江を窘《たしな》めて、

「どこも怪我《けが》してないか……ないなら、それで良かった。彩華さんに何かあったら、『吉田屋』さんにも顔向けできませんしな」

「その『吉田屋』代々の守り刀です。それを選りに選って、こんな時に……」

「杉江はん。先祖伝来の守り刀があったから、こうして無事に帰ってこれたんやろ。御役所にはこっちから報《しら》せて、うちの若い者も探しに出させまひょ」

御役所とは、東西に分かれている京都町奉行所のことである。江戸では南北の町奉行所のことを御番所という。

「ご迷惑ばかりおかけして、申し訳ありません」

彩華の代わりにと、杉江は深々と頭を下げた。が、彩華の方は自分を一条戻橋に案内してくれた、どこぞの武家か商家の旦那風の身の上を心配していた。武家と思ったのは、小太刀《こだち》を差していたからである。もちろん綸太郎であることを、玄匡が知る由《よし》もない。

「助けてくれはった人が、危ない目に遭《お》うてるかもしれんと？」

「はい。もし相手が悪い人やったら……」

「人様のものを盗むのやから、悪い人間に違いないが……待てよ」

玄匡は顎《あご》に手を当てて小首を傾げ、

「もしかしたら、こいさん……騙されたのかもしれませんで」

「騙された……」

「ええ。そのどこぞの旦那風というのと、守り刀を奪い取った奴はグルかもしれへん」

「まさか。そんなふうには、まったく見えませんでした。そもそも、私の方から声をかけましたしね」

「さように上手いことやりますのや。女ひとりやと思うて、これ幸《さいわ》いと狙ったのやろ。いや、実は近頃、〝鞍馬の天狗党《てんぐとう》〟ちゅう盗《ぬす》っ人《と》が、この都に出没してるのや」

「〝鞍馬の天狗党〟……有り難くて、ええ人みたいな名前やけど……」

「義経を育てたのとは違いまっせ。もしかしたら、その一味かもしれへん。いえね、盗っ人といっても、値打ちものの刀剣やら茶器、書画などを狙《ねろ》うてますのや。公家や武家の屋敷、寺社なども多いですからな。考えてみれば、京の都は、そこかしこにお宝が置いてあるようなものや」

「恐ろしいですねえ……」

「そやさかい、彩華さん。後は私らに任せて、その体をあんじょう休ませておいてな。嫁に入ったら好き勝手はできんから、気儘《きまま》に洛中を歩いてみたい気持ちは分かるけどな」

「へえ、そうなんどす」

「でも、嫁に行ったかて、いつでも、うちに遊びに来たらよろしい。上条さんとこともうちも遠い親戚みたいなものやし、遠慮のう」

「おおきに。ご迷惑おかけします」

彩華は素直に頭を下げたものの、隙《すき》あらばまた出かけて、先程の人を探してみたいという思いに駆られていた。その内心を杉江は見抜いているのか、部屋から出してなるものかとばかりに襖《ふすま》の前に座り込んだ。

「小さい頃から、鉄砲玉どしたからな。油断も隙もあらしまへん」

「そのお陰で、大坂中の路地から路地を覚えましたで。後に商いにも随分と役に立った。世の中、無駄な遊びはありまへん」

「普段ならよろしい。けど、明日は……」

「言われんかて、分かってます」

「なあ、いとさん……」

杉江は神妙な面差しになって、彩華をじっと見つめた。

「何度か訊きましたが、改めて言います。ほんまは、嫁になんか行きとうないんやありまへんか……家同士が決めてたこととはいえ、此度《こたび》は金の都合ですさかい、いとさんのことがあまりに不憫《ふびん》で……」

「……」

「一生のことやさかい、もっと考えてもええんとちゃいますか。今なら、後戻りできまっせ……そんな気持ちがあるから、一条戻橋なんかに行ったんやないんですか」

口を尖《とが》らせて、彩華は微笑んだ。

「考えすぎの杉江やな」

「洒落《しゃれ》を言うてることちゃありまへんで。生涯のことだす。ほんまに、ええんですか」

杉江は真剣な目で訊き返す。

「——お父っつぁんから聞いた話やけど、杉江にも好いた人がおったにも拘わらず、私が生まれて、あんたが母親代わりになったために、夫婦になれなかったそうやな」

「はは、遠い昔のことですがな」

誤魔化《ごまか》すように杉江は目を逸らして、わざと声を上げて笑った。

「申し訳なかったなあ」

「私のことよりも、いとさんのことです。迷うてるのとちゃいますか」

「……」

「持参金の千両なんかくれてやるから、身ひとつで帰ってきてもかまへんて、大旦那さんも言うてましたで」

杉江が心から案じるように問いかけると、彩華は背中を向けて窓辺に近づき、しくしくと泣きだした。

「いとさん……」

「見んといて……これが涙の流し納めや……あんたの言うとおり、顔も覚えてない殿方の所に行くのは嫌や……でも、これが運命や。私が『咲花堂』を盛り返す。そう決めたのや」

「そんな……」

「ええのや、杉江……今日一日泣いて、気分をサッパリさせるさかい……ひとりにして」

「――いとさん……」

しくしく泣き始める彩華の背中を見つめていたが、深々と頭を下げると襖を開けて廊下に出た。だが、立ち去ることはなく、その場にいる気配がある。

彩華もしばらく嗚咽するように泣いていたが、襖を振り返った目には涙なんか浮かんでもいない。泣き真似をしていたのだ。

「うう……ううう……」

噛みしめるような声を洩らしながら、ペロっと舌を出した。

彩華はそっと庭に続く縁側の方へ移った。そっと障子戸を開けると、踏み石にある下駄に足を伸ばした。音を立てないように裏庭を抜けて、枝折戸《しおりど》を開けると一気に小径《こみち》に駆け出した。

誰もいない座敷には、穏やかな夕陽が伸びてきていた。

一条戻橋の袂まで戻り、上行寺の境内《けいだい》を覗いてみたが、綸太郎の姿はなかった。

——やはり、私は騙されたのやろうか。親切そうなあの人も、盗っ人の一味やったのやろうか。それが、玄匡さんが話していた、〝鞍馬の天狗党〟という者たちなのやろか。

と彩華は思い、心がざわついていた。

もし、そうだとしたら、自分のこの手で捕まえたい。大切な守り刀を奪われた上に、ほとんど初めてといっていい都で、酷《ひど》い目に遭ったことが、どうにも腹が立って仕方がなかったのだ。

「悪い癖や……」

彩華は口の中で呟いた。嫌なことが自分の身に降りかかったら、何が何でも己の力で解決しないと気が済まない性分《しょうぶん》なのは、生まれつきである。加えて、理《り》不尽《ふじん》なことには怒りが湧いてきて、悪さをした奴は、どうでも懲《こ》らしめないと寝覚めが悪いのだ。

ふっと脳裏に浮かんだ、あの親切そうな綸太郎の顔が、彩華には少しずつ憎たらしく思えてきた。親切ごかしで、盗みを働くとは、絶対に許せない。

踵《きびす》を返すと、一条通を下駄を踏みつけるように歩いて、禁裏の方へ向かった。

品の良い町屋の軒が続く中に、有名な菓子屋があった。平安の昔よりも前から、宮廷に献上していたという長い伝統と格式がある『虎《とら》や』という菓子屋である。大坂にも出店はあったが、店構えからして違う。すぐそこには、中立売御門があるから、禁裏にも運んでいっているのであろうか。

思わず店に足を踏み入れると、色とりどりの菓子が、食べて下さいとばかりに上品に並んでいる。彩華の喉がゴクリと鳴った。甘いものには目がないのだ。

「おいでやす。何にいたしまひょ」

はんなりとした鼻にかかったような美声が、すぐに飛んできた。年配の女性だった。綺麗に髪を結い、地味な藍色《あいいろ》の着物を品良く着込んでいる。

店の女は、彩華の艶《あで》やかな振袖を微笑んで見ていたが、不釣り合いな下駄を見て、わずかに瞳の色が鈍《にぶ》った。まさに足下を見た目つきに変わったのだ。だが、さほど愛想《あいそ》良くはないけれど、突き放すほどでもない笑みを浮かべている。

「私、甘いもんに目がないんです……ああ、迷うなあ」

彩華が菓子棚を眺めていると、餅米の薄い皮にあんこを包んだ最中《もなか》はどうでしようと店の女は差し出した。彩華はふたつ返事で戴き、まるで子供のように一口でパクリと平らげ、茶も飲まずに三、四個、続けて食べた。

最中という名称は、三十六歌仙《かせん》のひとり源順《みなもとのしたごう》が詠んだ和歌、

――水《み》の面《おも》に照る月なみを数ふれば今宵《こよい》ぞ秋の最中なりける

と言われている。彩華には知る由もなさそうだが、実においしそうに頬張るのを、店の女は呆れたように見ていて、

「綺麗なおべべが台無しですなあ……どうぞお使い下さい」

と手拭いを差し出した。角倉で見せてくれた嵯峨本のような美しい絵が染められている。それで零《こぼ》れた粉を拭うのが勿体《もったい》ないくらいであった。

京では、抹茶と一緒に出すものを扱っているのが〝お菓子屋〟で、番茶を飲みながら家で食べる菓子を売るのは、〝お餅屋〟と〝お饅《まん》屋〟である。彩華は実にはしたない食べ方をしたことになる。さらに二個ほど食べてから、

「すんまへん。今、持ち合わせがないので、お代は後で持ってきていいですか」

と彩華は悪びれもせずに言った。

大坂淀屋橋辺りではいつもツケで食べているから、その癖が出てしまったのだ。店の女は言葉こそ丁寧《ていねい》だが、

「へえ。かましまへんが、どこのおひいさんでございましょうか」

と身許《みもと》を確かめるように訊くと同時に、下駄をチラリと見た。視線を感じた彩華は、恥ずかしそうに下駄の爪先を裾で隠すような仕草をしながら、

「角倉さんちにおりますんで、わざわざ来てくれるのも申し訳ないさかい、後で……あ、そうや。これを形《かた》に置いてきますわ」

と髪に挿《さ》していた銀簪《ぎんかんざし》を押しつけて、店から飛び出していった。

「ちょ、ちょっと、お待ち下さいまし」

店の女は追ってこようとしたが、彩華はまるで食い逃げをしたかのように逃げ去った。その足の速さも、なかなかのものであった。

五

その頃、綸太郎は今出川御門内、丁度《ちょうど》、禁裏の裏手にあたる近衛家に来ていた。鬼門封じの〝猿《さる》ガ辻《つじ》〟に程近い所である。

周辺には何十軒という公家の屋敷が並んでいるが、他を寄せ付けないほど立派な広大な屋敷だった。桂宮とともに丁度、北門を守っている位置である。

古刹《こさつ》よりも重々しい大玄関の中には、寝殿造《しんでんづくり》の政所御殿、数奇屋《すきや》造の母屋《おもや》に茶室などが整然と築かれている。不老不死や自然との融和を描く〝蓬萊神仙《ほうらいしんせん》思想〟を受け継いだ、いかにも公家好みの庭は、角倉の庭とは比べものにならぬほど広くて立派であった。

近衛家とは、五摂家のひとつで、藤原北家《ほっけ》の嫡流《ちゃくりゅう》にあたる。摂関家《せっかんけ》には近衛流と九条流があるが、近衛流は藤原忠通《ただみち》の四男の近衛基実《もとざね》を家祖とする。鷹司《たかつかさ》家はこの分家である。

戦国時代には、近衛前久《さきひさ》が豊臣秀吉と深い繋がりを持ち、禁裏の実質的な権力者として諸大名と朝廷の橋渡し役を担っていた。江戸時代になってからは、後陽《ごよう》成《ぜい》天皇と親戚になり、幕府から三千石近く拝領していた。

薩摩《さつま》藩主の島津《しまづ》氏とも強い繋がりがあり、十一代将軍・家斉《いえなり》の正室である寔子《ただこ》や、後に十三代将軍・家定《いえさだ》に嫁いだ篤姫《あつひめ》が一旦、近衛家の養子となってから徳川家に輿入《こしい》れしたほどだ。それほどの権威があった。

この近衛家と本阿弥家との繋がりも深いものがある。本阿弥光悦、松花堂昭《しょうかどうしょう》乗《じょう》とともに〝寛永の三筆〟と称された近衛信尹《のぶただ》は、近衛前久の子である。

信尹はかなり無鉄砲な男で、公家との付き合いよりも武家との交流を好み、秀吉の朝鮮征伐《せいばつ》にも馳《は》せ参じて渡航しようとしたほどである。刀剣目利きの光悦と親しくなったのもその頃であった。ただ、行動が破天荒《はてんこう》すぎたためか、薩摩に流されるという憂《う》き目にも遭っている。

本阿弥家は室町幕府御用ゆえ、近衛家との繋がりもあったが、公家と町人という垣根を乗り越えて付き合いが深まった。

もっとも、本阿弥家の始祖である妙本《みょうほん》は、刀剣奉行として足利尊氏《たかうじ》に仕え、その子孫も足利義教《よしのり》などの家臣であったから、ただの町人ではない。光悦の父親である光二《こうじ》は京都所司代の子であり、今川義元《いまがわよしもと》にも仕えたことがある。さらには、前田利家《まえだとしいえ》から知行《ちぎょう》を受ける身であった。家康に重宝《ちょうほう》されて、鷹峯《たかがみね》に芸術集団である〝光悦村〟を与えられたのも、上級町人である証であろう。

「――どないだすか、この刀……本物に間違いないどすか」

近衛家の二十六代目当主・基前《もとさき》は、真剣なまなざしで刀剣を見ている綸太郎に、身を乗り出すように尋ねた。山吹色の小道服《こどうふく》に指貫《さしぬき》姿で、雪洞《ぼんぼり》扇を手にしている。三十半ばながら、左大臣の身分であり、高貴な顔だちをしている。

周りには側衆が数人控えており、いずれも緊張の面持ちで成り行きを見ていた。綸太郎も左大臣に直に会える大層な人物だということになるが、この場にいるのは、少しだけ話が遡《さかのぼ》る。

彩華の懐刀を奪った若い男を追いかけた直後のこと。男は角を曲がった途端、滑って転んで溝に足を取られた。綸太郎はすぐさま腕を捻《ひね》り上げて、懐刀を奪い返した。

『おまえは、俺の店をずっと見ていただろう。もしかして、今、世間を騒がしている〝鞍馬の天狗党〟とやらの一味か』

詰問する綸太郎に、若い男は拝むように、

『ち、違います……俺は骨董を見るのが好きで、ただ飾ってあるのを眺めてただけです……でも、俺には縁のない高嶺《たかね》の花……見てただけなのに、俺のことを泥棒でも見る目つきで、尾けてきたから、つい逃げたんです』

『……』

『でも、ぐるっと廻ってきたら、あんさんと若い娘がいちゃついているのに、また出くわしました』

『いちゃついてまへん』

『そう見えました。だから、何となく羨《うらや》ましくて、悔しくて……やっぱり、えしの若旦那には、あんな可愛《かわい》い娘がポーッとなるのやなと思うたら、あ、腹が立ってきて』

『それだけの理由で盗んだというのか』

『申し訳ありまへん……二度としまへん……旦那の店にも近づきまへん』

必死に哀れみを請《こ》う態度を、綸太郎は俄に信じたわけではないが、この程度の盗っ人を相手にしている暇もない。

『名前は何処の誰兵衛や』

『若宮八幡《わかみやはちまん》近くにある、権兵衛《ごんべえ》長屋の平助《へいすけ》というもんだす。勘弁して下さい。仕事にもあぶれて、むしゃくしゃしてたんです。ほんまに申し訳ありまへん』

しまいには泣き落としである。綸太郎は盗まれたものさえ取り返せば、それでいい。たしかに、どう見ても都にその名を轟《とどろ》かせる盗賊一味には見えない。今度、盗みをするのを見かけたら、御役所に突き出すぞと脅してから、彩華を待たせていた寺に帰ったのだ。

だが、そこには既に誰もいなかった。大した時も経《た》ってないのに、もしかしたら他の誰かに攫《さら》われたのではないかと心配した。たまさか見ていた寺の者に訊くと、すぐにいそいそと何処かへ行ったという。

ならば取り急ぎ、用事を済ませて、改めて娘を探そうと近衛家を訪れたのである。

真剣なまなざしで、息を吹きかけぬよう懐紙を口にくわえて刀剣を見ていた綸太郎は、ゆっくりと鞘《さや》に納めて、

「あきまへんな……これは残念ながら、真っ赤な偽物どすな」

「えっ……」

「残念ながら、鬼切丸《おにきりまる》とは違います」

鬼切丸とは、渡辺綱が一条戻橋で美しい女に化けた鬼の腕を切り落としたという伝説からきている。今し方、若い娘を案内しただけに、まさかここで鬼切丸の贋作《がんさく》を見るとは、妙な因縁《いんねん》を感じた。

「鬼切丸は、ご存じかとは思いますが、髭切《ひげきり》の太刀のことです。八幡太郎義家《はちまんたろうよしいえ》が奥州《おうしゅう》の文寿《もんじゅ》という鍛冶《かじ》に作らせたもので、前九年《ぜんくねん》の折に使ったと言われております。その際、捕らえた敵兵の首を斬ったところ、顎髭まで断ったという業物《わざもの》」

「うむ……」

「ですが、鎮守府《ちんじゅふ》将軍の源満仲《みつなか》が、筑前の鍛冶に〝髭切〟と〝膝丸《ひざまる》〟の二本の剣を打たせ、そのひとつの〝髭切〟が、息子の源頼光に渡されたとの話もあります……それを頼光の四天王のひとり渡辺綱に預けており、一条戻橋で鬼を斬ったん

どす」

「ほう、それは知らなんだ……それにしても偽物とはな。少なくとも、吉宗公《よしむねこう》の『刀剣名物帳』には出ている逸品かと思うたが」

『刀剣名物帳』とは享保時代に、八代将軍吉宗が、本阿弥家十三代当主の光忠《こうちゅう》に命じて作らせた、名物と言われる古刀の寸尺や評価、来歴、所蔵者などを記した刀剣書のことである。平安、南北朝、鎌倉、室町の時代をまたぐ、いわば刀剣の格付けであるが、災いを及ぼす妖刀の類《たぐい》は本阿弥家で預かっていた。

「これには剛毅《ごうき》さが全くない。二尺八寸の長さや身幅は同じですが、反《そ》りは甘く、光や艶《つや》が鈍い……これを持ち込んできたのは、何処の刀剣商ですかな」

「何処の……と言われてもな……本阿弥宗家の天山丸《てんざんまる》殿からだ。おぬしにとっては本家筋であろう」

「天山丸は、私の父の従兄弟に当たります。いや、まったく、お恥ずかしい……」

本阿弥天山丸も綸太郎と同じく刀剣目利きを生業《なりわい》としているが、本家とはいっても幕府の目利き所として従奉しているわけではない。この京にいて、芸子の置屋《おきや》に居候《いそうろう》同然に住み込んで、無聊《ぶりょう》を決め込んでいるような、だらしない男である。

「本家筋の悪口は言いとうないですが、天山丸だけは、あまり当てにしないで下さいまし。近衛様の威信に関わります」

「さよか……」

「それより、この刀ですけど、真っ赤な偽物とはいえ、鬼切丸ではなく、姫切安《やす》綱《つな》というのを真似たものですな」

「姫切安綱……」

「源頼光は、父の満仲を継いで鎮守府将軍となった、弟の頼信《よりのぶ》との不仲を噂されていました。源氏の絆《きずな》を強めておくためにも、手を打っておく必要があると考えた頼光は、鬼切丸を与えようと思った。でも、頼光は本物を手元に置いておきたかったので、あえて偽物を作らせたんどす」

「あえて偽物を……」

「偽物といっても、播磨《はりま》国の漢人を祖とする刀工に安綱の太刀を模して作らせたものです……頼信は大層喜びました。下総《しもうさ》の乱を起こした平忠常《たいらのただつね》を斬ったのが、その太刀……これが孫である義家に伝わり、宇治橋《うじばし》に現れる鬼姫を斬ったので、その名があります。これは後に、源氏安泰《あんたい》のため鞍馬山の毘沙門天《びしゃもんてん》に奉納され、さらにその後、牛若丸《うしわかまる》が奥州の藤原秀衡《ひでひら》に渡したとの言い伝えもあります」

「いや、これは驚いた。では、贋作を真似た贋作ということか」

「もっとも、髭切は昔は鬼丸と呼ばれていたけど、鬼切安綱と言われるようになったり、大江山《おおえやま》の〝童子切《どうじぎり》安綱〟として知られる鬼切安綱の伝説とごちゃまぜになったりして、伝わっております。が、吉宗公に献上された『刀剣名物帳』が正しいと私は思うてます」

「さようか……安綱の髭切でも膝丸でもなかったか……」

がっくりとなった基前に、綸太郎は冷静に言った。

「鬼切安綱は、主を嫌うとのことで、源頼光も渡辺綱も疫痢《えきり》で亡くなりました。それゆえ、太閤秀吉ですら安綱だけは持ちませんでした……贋作であっても、嫌な霊気が溜まらぬとは限りまへん。こちらで処分、致しておきましょう」

「ああ、そうしてくれ」

「それにしても、天山丸さんもようこんな酷いことを……お金は払《はろ》うたのですか」

「いや、後日、来ると……」

「私が持ち帰ったと言うて下さいまし」

綸太郎が深々と頭を下げて謝ると、基前は苦笑いをして、

「こっちが不明だったのじゃ……それより、その懐刀は如何《いかが》したのかな」

と訊いてきた。

綸太郎は簡単に経緯を説明をしてから、その娘を探すために退散することにしたが、家来のひとりが留めた。

「お待ち下され。もしや、その娘は美しい振袖を着ておりませなんだか」

「ええ、そのとおりです」

「渡辺綱の一条戻橋の話ではありませぬが、話しかけてきては、いきなり刀やら財布やらを奪う賊がおります。しかも、そやつらも〝鞍馬の天狗党〟の一味かと」

「いや、あの娘に限って、そんな……」

「もしかしたら、綸太郎殿も狙われたのかもしれませぬぞ」

「娘のこの懐刀が盗まれたのです。わざわざ、そのようなことをしますかね」

「奪われたと見せかけ、思わず取り返しに追いかけた先に、仲間がごっそりいて、身ぐるみ剥《は》がれた者は何人もいるのです。まったく油断も隙もあったものではありませぬ」

家来の話に、綸太郎は一抹《いちまつ》の不安を覚え、刀袋から取り出して懐刀を見てみた。

一瞬にして、ビリッと痺《しび》れたような痛みを感じた。

「こ、これは……」

綸太郎はゆっくり鞘から抜いて刃を眺めてみた。俄に瞳が燦《きら》めいた。

「やはり、不動正宗《ふどうまさむね》や……数少ない正宗の短刀ですわ」

吉宗の『刀剣名物帳』にも、

――長さ八寸六分、表樋の内不動、倶利伽羅護摩箸《くりからごまばし》、秀次《ひでつぐ》公未《いま》た黄門《こうもん》にて御座なされ候刻五百貫にて召さる、徳川殿拝領、前田利家卿《きょう》へ遣《つか》はさる、三代利常《としつね》卿まで相伝へ家康公へ上る、尾張殿へ御伝へなる。

と記載されている名刀で、本阿弥光悦の父・光二の依頼で、京極《きょうごく》家のために作られたものである。

わずかに筍《たけのこ》反りとなり、平造り、真の棟とあるが、菖蒲《あやめ》の葉に似た菖蒲造に近いであろうか。元々、〝尚武《しょうぶ》〟に通じる武家が好んだものだが、不動明王《ふどうみょうおう》の彫物がある。柄《つか》を調べてみると、目釘孔《めくぎあな》はふたつで、その下に正宗の銘《めい》が刻まれている。

「名物帳にもあるとおり、豊臣秀次公が手に入れてから、家康公が拝領し、さらに前田利家公に贈られたもの。その後、尾張家に伝わると聞いておりますが……まさか、その姫様というのは尾張家の……」

尾張家の京屋敷なら、『咲花堂』の目の前にあるが、他家に渡ったとは聞いたことがない。それでは、ますます怪しい娘ではないかと、基前は心配そうに訝《いぶか》った。

だが、綸太郎はしみじみと短刀を眺めながら、

「いえ。同時に作ったものが三本あると、本阿弥家の家伝書にありますさかい、その一本に間違いありまへん」

と確信した。

「女子供が扱える護身用の刀は、太刀に負けず劣《おと》らずの匠の技が要ります。数も少ないゆえ、古くから重宝されてきました」

短刀は長さが一尺以下のものだが、長い刀剣を〝本刀《たち》〟と言うのに対して、〝かたな〟と呼んでいた。ちなみに脇差は、一尺以上、二尺未満のものをいう。

もっとも短刀には鍔《つば》はついていない匕首拵《あいくちごしらえ》である。

短刀は病魔や災厄から所有者を守るためのお守りであるから、宮家では生まれ

た子に、打ち卸《おろ》しの短刀を贈る。これが〃賜剣《しけん》の儀〃である。花嫁が帯に懐剣《かいけん》を差すのも、魔除けのためである。

「もっとも、本阿弥家では、懐剣といえば、四寸から五寸の短いもののことですさかい、これは立派な〃かたな〃です」

「のようだな……」

「しかも本阿弥家の家業は、刀剣の磨研《まけん》や浄拭《じょうしょく》、鑑定ですが、刀剣をこさえるため、刀工、研師、塗師、柄巻師、白銀《しろがね》師。さらには、木工、金工、革細工、蒔《まき》絵《え》、染織《せんしょく》、螺鈿《らでん》など、物凄い数の職人を集めていたんです」

「なるほど……では、ご先祖が関わった、この短刀には見覚えがあると……」

「京極家の他に、光三自身が持ち、あとの一本は、京の三長者である後藤、茶屋、角倉のいずれかに譲ったものに違いありません」

「それが、この懐刀、いや短刀か……」

基前も改めて短刀に見入っていると、廊下から家中の者が来て、側衆のひとりの耳元に何やら声をかけた。それを受けて、さらに基前に近づいた側衆が囁《ささや》いた。

「さよか……」

静かに頷いた基前は、綸太郎に向き直って、

「ちょっと厄介な事が起こったそうや。ゆっくりしていきなされ……と言いたいが、綸太郎さんも何かと忙しいやろし……たしか明日が祝言だったかいな」

「へえ。この贋作の太刀は預かって、おいとましますが、何か事件ですか」

綸太郎が心配そうに声をかけると、基前は曖昧《あいまい》な目つきで、

「余計なことを言うたら、またおまえさんが首を突っ込んでくるかもしれへんから、それを心配してるのや。はは」

と軽くいなすように言った。

丁寧に平伏して、綸太郎は退散したが、

――鞍馬の天狗党、云々《うんぬん》……。

というのは微かに聞こえていたから、さりげなく門衛に訊いてみた。

堺町御門の近くで、賊らしき者が騒動を起こしているとのことだった。禁裏の北門を、近衛と桂宮が守っているとしたら、南門を守っているのが、九条と鷹司である。先刻、短刀を盗んだ平助と名乗った男の顔が、綸太郎の脳裏に浮かんだ。

「まさか……」

嫌な予感がした綸太郎は、突っ走っていった。

六

堺町御門の外はすぐ丸太町《まるたまち》通があり、堺町通を南に一筋下ると、竹屋町《たけやまち》通にぶつかる。秀吉の地割によって造られた通りだ。

徳川の時代になってからは、刀剣や刃物、古道具を扱う店、宮大工から魚屋、惣菜屋、小間物屋などが並んでいた。近くの御所や二条城の御用を務める者、御土居の竹を扱う竹屋や竹細工職人が多かった通りである。

さらに南に下ると二条通があり、沢山《たくさん》の武家屋敷が並んでいた。さながら、二条城に向かう〝表参道〟のような通りで、他の通りに比べて威厳があり、閑散《かんさん》としていた。

とはいえ、京の洛中の人口は当時、二十七万人近くいた。洛外を合わせると四十万人もおり、大坂と同じくらいである。だが、狭い地域ゆえ、人の密度は高く、禁裏の静けさが嘘のように、御門の外はわいわいがやがやと賑《にぎ》わっていた。

その町角の一角に、大きな人だかりができている。

「近づくんやないで。余計な手出しをしたら、この娘の喉をかっ切るからな」

若い娘を羽交《はが》い締《じ》めにして、匕首を握って怒鳴っているのは、綸太郎の嫌な予感どおり、平助だった。しかも、羽交い締めにされているのは、彩華である。

すでに、二条城の南、神泉苑《しんせんえん》西隣にある東町奉行所からは、番方同心や捕方が押し寄せており、大騒動になっている。

京都町奉行の与力や同心も、江戸町奉行と同様、小銀杏《こいちょう》に長めの紋付き黒羽織、帯には十手《じって》を差していた。同心の配下である捕方以外に、目明かしも数人駆けつけてきていた。さらに、禁裏に近いことから、御門の衛士も数人、取り囲んでいる。

番方同心のひとりがズイと前に出て、

「東町奉行所の御所水泰広《ごしょみずやすひろ》である。篤《とく》と話を聞いてやるによって、その女を放せ」

と威厳のある口調で言った。三十絡《がら》みの眼光鋭い、いかにも御用を預かっているという融通の利かなそうな面構えだ。

京都町奉行が江戸と違うのは、老中支配ではあるものの、京都所司代の指揮下にあることだ。都の町政のみならず、五畿内《きない》の天領や寺社地の支配も行うため、勘定奉行や寺社奉行の職も兼ねており、大層、権威があったのだ。

――泣く子と地頭《じとう》には勝てぬ。

と言われたが、京においては、「御役所のお奉行さんに怒られまっせ」と脅せば、子供たちはすぐに泣きやんだ。

だが、目の前の平助は怖じ気づくどころか、ますます調子に乗って、

「役人が怖くて、盗っ人ができるか。さあ、道を開けやがれ」

と怒鳴った。

御所水は鋭い目つきで睨《にら》みつけたまま、一歩二歩と近づきながら、

「そうか。それほど地獄に落ちたいなら、勝手に刺せばよい。禁裏近くで、かような騒ぎを起こす輩《やから》は斬り捨て御免なのだ」

「な、なんだと……」

「そんな女のひとりやふたり死んだところで、誰も困りはせぬ。公家も許してくれるだろう」

冷徹に言い放った御所水の態度に、人質になっている彩華の方が驚いた。同心が本気で言っているのか、相手を油断させるための方便かは分からない。だが、その言葉に平助がさらに逆上したのはたしかで、匕首の切っ先を、彩華の喉元に

突き立てんばかりに、

「よう言うたな、御所水とやら。この女が死んでも、おまえが殺したも同じやで」

「それで結構。おまえをこの場で、ぶった斬れば、始末がつく」

町人が犠牲《ぎせい》になったところで、治安が維持できればそれでよしというのが、番方同心としての考えであろう。だが、町人の町である大坂生まれの大坂育ちの彩華からすれば、「そんなアホな」という思いだった。

「ちょっと。それがお役人さんの言うことですか。ほんま腹立つわ」

不機嫌《ふきげん》な声を発したのは、彩華の方だった。御所水や平助のみならず、野次馬たちも吃驚《びっくり》した顔で見やっていた。

「人の命を守るのが、番方同心のお務めと違うんですか。したり顔で、そんなことしか言えんのですか。情けないこっちゃ。それでよう、お役人でございますって言えますな」

御所水は俄に険悪な表情になり、

「狙いはなんだ、小娘。どうせ、おまえもそいつの仲間であろう」

「なんやて、このうすらとんかち」

「ほら、地金《じがね》が出おった。振袖姿で男を惑《まど》わせては、悪党の所へ連れ込む手引き役の噂は、そこかしこに流れておる」

「私は違います」

「その下駄が何よりの証拠だ。足下を見られぬようにせねば、人を騙すことはできぬぞ。この狂言は何のためだ、小娘」

挑発《ちようはつ》するように言いながら、さらに御所水が近づくと、彩華はまるで啖呵《たんか》を切るように、声を張り上げた。

「なんやねんな。京の役人は盗っ人の味方かいな」

「なんだと」

「私は守り刀を盗んだ、こいつを探してたのや。見つけたから、ふん縛って貰おうと思うたら、この騒ぎや。それを仲間やとか手引きやとか、ええ加減にさらせ。でないと、耳から指突っ込んで、奥歯ガタガタ言わせるで」

物凄い勢いで眉《まゆ》を顰《ひそ》める彩華を見ていた野次馬たちは、

「可愛い顔して、えろう怖いでんな……」

と呟いた。

誰より驚いたのは平助だった。思わず彩華を突き放して逃げようとするのを、踏み出た御所水が抜刀《ばっとう》して斬ろうとした。その腕を横合いからガッと摑む男がいた――綸太郎である。

「なんだ、おまえは」

綸太郎は涼しい顔で見送りながら、

「あんなのはどうせ三下《さんした》でっせ。恐らく、騒ぎを起こして、お上《かみ》の目を逸らしたのでしょう。〝鞍馬の天狗〟はそこにおりまっせ」

とすぐ近くの武家屋敷を指した。小倉《こくら》藩小笠原《おがさわら》家である。

御所水が「どういうことだ」と訝ったが、綸太郎は持っていた短刀を彩華に返して、

「さあ。これを持って帰りなさい」

「私……あなたが帰ってこないので、心配で心配で……」

「見てましたで。凄い啖呵でしたな」

「本当は怖かったんですよ」

彩華は恥じらうように言ったが、綸太郎は苦笑して、

「京では、あなたのようなのを〝わわしい女〟ちゅうんです」

「えっ……」

「お転婆《てんば》というか、わやわや口うるさくて、ぐうたらな亭主の尻を叩いて、旺盛《おうせい》な活力があって、どんな事にでも果敢《かかん》に立ち向かう、逞《たくま》しい女……ちうところかな」

「そんな、私……」

再び会えた喜び半分、切なさ半分というところであろうか。彩華は何か言いたそうだったが、口に出来ないでいた。綸太郎は柔らかな笑みを浮かべて、

「とにかく、ここは危ない。大捕物が起こるかもしれへんから、ささ、お行きなさい」

と追いやるように離れさせた。その綸太郎に、御所水が近づいて、

「どういうことだ。おまえは何者だ」

「そこの小倉藩京屋敷には、仰山《ぎょうさん》、刀剣や骨董の類があります……もっとも何処の武家屋敷にもそれなりにありますが、小笠原家はかなりの蒐集家《しゅうしゅうか》として知られてます……そこを狙ってのことだと、近衛様も動いてますさかい」

「なんと！」

御所水の顔に緊張の色が走ったが、人を疑うのが番方同心の癖なのか、怪しげに綸太郎を睨む目つきは変わらなかった。

豊前《ぶぜん》小倉藩とは、豊臣秀吉の家臣だった森勝信《もりかつのぶ》が、九州統一を狙う島津を阻《はば》むために入城した所である。その後、細川忠興《ほそかわただおき》が入り、二代目の忠利《ただとし》のとき、改易《かいえき》になった加藤《かとう》家の後に、肥後《ひご》熊本に移封《いほう》したため、小笠原忠真《ただざね》が、播磨《はりま》国明石《あかし》藩より小倉に入り、十五万石の大大名となったのである。

小笠原忠真の母は松平信康《のぶやす》の娘・登久姫《とくひめ》である。つまり忠真は徳川家康から見て、外曾孫《そとひまご》にあたる。小倉は九州の玄関口でもあるから、西国大名を睨む重要な役割があった。ゆえに小笠原家には代々、優れた刀剣や由緒ある書画骨董が寄贈されており、京屋敷は常々、盗賊たちに狙われているという噂もあった。

「もしかしたら、この騒動の隙に、〝鞍馬の天狗党〟一味は、小倉藩屋敷に忍び込んでいるかもしれまへん」

綸太郎の言い分を聞いて、俄に緊張してきた御所水は、ゴクリと唾《つば》を飲み込んで、

「で、出鱈目《でたらめ》ではあるまいな……貴様、今し方、あの者を逃がしたが、本当は貴様が仲間なのではないのか」

「ぐだぐだ言うてへんと、行きまひょ」

と発破《はっぱ》をかけて、綸太郎は一町ほど東にある小笠原屋敷に向かって駆け出し

た。思わず御所水が追いかけると、捕方も一斉に後に数珠繋《じゅず》ぎでついていった。

その様子を野次馬の間から見ていた彩華もまた、心配そうについていくと、小笠原屋敷の表門はなぜか開いていて、中から数人の家臣風の者が荷車を引いて出てこようとしているところだった。

——怪しい。

と思った綸太郎が、立ちはだかるように声をかけた。

「何処へ行かれる」

「誰かな、おぬしは。町人風情《ふぜい》が来る所ではない。そこをどけい」

「俺を知らぬとは妙だな。先代藩主の小笠原忠苗《ただみつ》様には大変、世話になり、当代の忠固《ただかた》様とは碁敵《ごがたき》でしてね。先日もお邪魔したばかりなのだが……見たことのない家中の方ばかりだ」

挑発するように言った途端、先頭にいた家臣風が鋭く抜刀した。同時に、他の者たちも綸太郎を取り囲み、人足たちは荷車を門内に戻した。一瞬の隙に、切っ先を突きつけられた綸太郎は身動きできなかった。

「碁敵ならば、屋敷に参られよ」

背後から刀で軽く突かれた綸太郎は、仕方なく門内に入るしかなかった。すぐ側にいる御所水だが、手を出すことはできなかった。武家屋敷内に入れば尚更《なおさら》だ。

ギギギッ——と鈍い音を立てて、表門は閉じられてしまった。

為《な》す術《すべ》もなく立ち尽くす御所水たちだが、離れた所で見ていた彩華も、目の前で起きた異変に呆然《ぼうぜん》としていた。

「こんな所におったんかいな、彩華さん」

後ろから来た角倉玄匡が声をかけた。杉江も一緒である。他に三人ばかり使用人もいて、いずれも安堵《あんど》した表情を浮かべている。

「心配するがな……なんで、こんなことをしてんのや。明日のこともあります。さあ、帰りまっせ、ほんまに難儀な娘や」

玄匡が手を取ると、杉江も二度と放すものかとばかりに、肩をしっかり支えた。

「あの……でも……」

その場に踏ん張ろうとした彩華だが、玄匡は有無を言わせず、今度は叱りつけるように、

「お父さんからもしっかりと頼まれてます。養子扱い同然に、うちから嫁に出す

のやさかい、アホな真似はよしとくなはれ。都見物なら、祝言の後に幾らでもできまっしゃろ」

と強く言った。

「でも、そこに盗賊が……」

彩華は話そうとしたが、玄匡は余計なことはしなくていいときつく言った。彩華はふたりに従うしかなかったが、しっかりと守り刀を握っていた。

七

翌朝、角倉の屋敷に、あたふたとした様子で、峰吉が訪ねてきた。

玄関の奥にある屏風の前には、花嫁姿に戻った彩華が物静かに座っている。練帽子《ねりぼうし》に白打掛、白小袖の姿である。白小袖は、極限の白という意味合いで〝太白《たいはく》〟と呼ばれる淡い青みを帯びたものである。刀剣の青光りに通じるものがある。打掛には紅絹裏《もみうら》という吉事を表した鮮やかな赤が美しい。

峰吉は真っ青な顔をして、玄関の土間に土下座をするような勢いで、

「すんまへん、角倉様……もう少し待ってくれまへんやろか」

と哀願《あいがん》した。

本来なら、日の出とともに、婿の家中の者が迎えに来て、嫁を馬に乗せて家まで曳いていくという儀式があった。婿自身が嫁を迎えに来ることもある。紋付袴《はかま》姿で待っていた玄匡は、明らかに不愉快な顔で、

「どういうことや、峰吉さん」

「それが……」

「なんや。祝言をやめるとでも言いなはるのか」

「いえ、そうではのうて……若旦那が、いえ、綸太郎さんが、昨日、近衛様の所へ行くと出かけたっきり、帰ってけえへんのです」

「なんのことです」

「ええ、ですから刀剣を鑑定するとかで……近衛様の所にも確かめに行ったのですが、なんや盗賊がどうのこうのでバタバタしていて……でも、綸太郎さんは鑑定を終えたら、すぐに帰ったとのことでして」

しどろもどろの峰吉を見ていて、玄匡は憤怒《ふんぬ》の表情になり、

「さいでっか。この縁談はなかったことにする。そういうことですな」

と身も蓋《ふた》もない言い方をした。

京の三大豪商であり、かつては京都代官の家柄、今も京都河原町奉行という立場の自尊心もあるのか、きつい態度に豹変《ひょうへん》した。

近頃は、京都のみならず、干魃《かんばつ》に苦しんでいる大和《やまと》の治水《ちすい》にも関わっており、吉野川《よしのがわ》や紀ノ川《きのかわ》などから、大和平野へ支流を引けないものかと尽力《じんりょく》していた。紀州《きしゅう》との兼ね合いから、なかなか進んではいないが、保津川や富士川《ふじかわ》を掘削《くっさく》した角倉家らしい事業を請け負っていた。それほどの人物であるから、決断も早いのである。いや気が短いだけかもしれぬ。

「ま、待って下さい、角倉様……綸太郎さんは、彩華さんが嫁に来るのを、ほんまに心の底から、楽しみにしてるんです」

「違うやろ。目当ては千両の持参金」

「それは、まあ……」

上条家の深い事情を知っている峰吉としては、明瞭に言い返すことはできなかった。だが、それだけではないと必死に言い訳をして、今度は本当に土下座をした。

「ほんまです。何があったのか、一晩中、帰ってけえへんのです。今しばらく、お待ち下さい。身の上を案じておるんです」

「いや、もうええわ。私は端《はな》から、この縁談はどうも嫌な感じだったんですわ」

「旦那様……」

「持参金は倍返しせえとは言わん。くれてやる。その代わり、この彩華は私が責任をもって『吉田屋』に連れ戻す。これは、何かあったときにはと、光右衛門さんからも頼まれてたことや」

玄匡は話を打ち切るように言った。峰吉は縋《すが》るように頼んだが、もはや玄匡は聞く耳を持たなかった。彩華を振り返り、

「せっかく綺麗に着飾ったけれど、元《もと》の木阿弥《もくあみ》ってことですかいな……彩華。おまえも、ほんまは嫁になんぞ行きとうないんやろ。昨日も言うたが、人身御供は御免やしな」

と情け深い目になった。

だが、彩華は首を左右に振りながら、はっきりと返事をした。

「私は待ちます。綸太郎さんが来てくれはるまで、ここで待ちます」

「な、なにを意地になって……」

「そうじゃありません。私も長い間かけて決めてたことです。ただ親に言われるがままにとは違います」

「そやかて、迎えに来《き》いへん者を待ってるだけ無駄ちゅうものや」

「何か事情があるのかもしれません。少なくとも、今日だけは待ちます」

白無垢の姿に似合わぬくらい、彩華は決然と言った。むろん白無垢とは、相手の色に染まるという意味もある。心も体も真っ白にして、浄土教の教えのように、すべてを委《ゆだ》ねているのだ。それほどの覚悟だということだ。

「──本当は他に好いとる人がいてるのと違うのか。そやさかい、昨日もあちこち出歩いたりしたのとちゃうか」

玄匡の言葉に、彩華は脳裏に綸太郎の顔を思い浮かべた。その人が、守り刀を取り返してくれたものの、凶暴そうな一団によって、小笠原屋敷に連れ込まれたことは、昨日のうちに話してある。

だが、玄匡はお上に任せておけというだけであった。たしかに彩華が騒いでも仕方がないことかもしれないが、それからが気がかりであった。

「本当のことを言うたら、どうや。その人がどんな人かは知らんけどもや、一目《ひとめ》惚《ぼ》れしたのと違うか。その人のことがええのやったら、私も本気で探してあげまっせ」

「そんな思いは露《つゆ》ほどもありません」

嘘だった。しかし、それこそどうしようもない運命だと、彩華には分かっていた。

昼過ぎになっても、陽が傾きかけても、綸太郎が迎えにくることはなかった。それでも、彩華はじっと玄関の屏風の前で座ったまま、微動だにせずに待っていた。

高瀬舟を漕《こ》ぐ音も聞こえなくなった。人足たちの声も遠くに消えた。

空がすっかりと淡い紫色に変わり始めた頃、馬子唄《まごうた》が聞こえ、羽織を着た峰吉たち、『咲花堂』の奉公人たちが迎えにきた。わずか数人ではあるが、仰々《ぎょうぎょう》しくしないところが、京風である。

「——彩華さん。お迎えに参りました。祝言の儀式、万端《ばんたん》整いましたので、どうぞご一緒にお参り下さいませ」

玄匡はまだ不機嫌な顔をしていたが、彩華が覚悟を決めて旅立つと言うのだから、得心して見送るしかなかった。

「伯父様。上条家に嫁ぎますが、これからも実家と思うてますので、どうぞ末永く、お付き合い下さいませ」

「よう分かった。幸せになりなはれ。まさに三国一の嫁さんや」

この先、幾多の苦労があるかもしれぬと玄匡は思っていたが、僥倖《ぎようこう》が訪れることを心の底から願っていた。見送る目にも、我が娘が出ていくかのように涙が溢《あふ》れてきた。

薄暗くなりつつある中、馬上の花嫁はゆっくりと鴨川沿いを北に上り、荒神橋を渡って、のどかな田園が広がる野の道を抜けていくと、やがて吉田神社への参道が出迎えてくれた。

提灯《ちようちん》のあかりが続く緩《ゆる》やかな坂道を、大きな赤い鳥居に向かって進んでいく。どの店も表戸を閉めているが、一軒だけ煌々《こうこう》と松明《たいまつ》を焚《た》いており、出迎えの人々が待ち侘びるように並んで立っている。

すると、入り口の両脇に立っていた羽織袴姿の能楽師が、〝待謡《まちうたい》〟である『高砂《たかさご》』の謡を始めた。高砂神社の相生《あいおい》の松にちなんだ夫婦愛と長寿を謡い、言祝《ことほ》ぐ能である。

〽高砂や、この浦舟に帆を上げて、この浦舟に帆を上げて、
月もろともに〝入り汐《いりしお》〟の、波の淡路《あわじ》の島影や、
〝近く〟鳴尾《なるお》の沖過ぎて、はや住吉《すみのえ》に着きにけり、はや住吉に着きにけり
……。

出《い》で汐は、〝入り汐〟に替え、遠く鳴尾は、〝近く〟鳴尾に替えるのを、カザシ文句と言って、祝言の席で忌《い》み嫌われた言葉を避けるためである。朗々と謡う能楽師はさすがに上手く、氏神である吉田神社のある神楽岡にも鳴り響いていた。

この謡が繰り返される中、馬で運ばれてきた花嫁は、店の中に入り、奥の座敷に招かれる。案内役に誘われて、上がり框《がまち》から上がったところにある大きな三《さん》方《ぼう》に気がついた。

それには、俵《たわら》形をした最中が、どっさりと置かれてあったのだ。しかも、『虎や』と札がある。思わず彩華は立ち止まった。

峰吉が気を使って、すぐに答えた。

「――あ、それは、『虎や』さんが角倉さんを訪ねた際に、彩華さんが嫁入りすると聞いて、お届けしてくれはったとか……なんでか理由は分かりまへんが」

「さいですか……」

「へえ。米俵が積まれたようで、目出度《めでた》いことです」

短い廊下を経て、座敷に入ろうとすると、朧月《おぼろづき》が浮かんでいるのが、彩華の目に入った。最中の由来となった三十六歌仙の歌を思い出して、ふっと笑みが零れた。

「最中……最中か……」

彩華は誰にも聞こえないように呟いて、幸せそうに笑った。俄にお腹が空いていることが気がかりになった。玄関に座りっぱなしで、何も口にしていなかったからだ。

奥座敷——琳派《りんぱ》風の絵が描かれた金屏風の前には、婿になる綸太郎が待っていた。真っ正面を見て、瞑目《めいもく》するように微動だにせず座っている。

部屋に入った瞬間である。

「えっ……⁉」

彩華は信じられないという表情になって立ち止まり、思わず目を擦《こす》った。

その仕草が来賓《らいひん》たちには異様に感じられたが、彩華は何度も瞬《まばた》きをして、じっと綸太郎の顔を射るように見つめた。

紋付袴姿ではあるが、たしかに昨日、一条戻橋に案内してくれ、守り刀を取り返してくれたその人である。とっさに帯に挟んだ守り刀に軽く指先を触れて、まるで夢かうつつかを確認するかのように短い溜息をついた。

だが、綸太郎の方は、花嫁を振り向いて見ようともせず、半眼に瞼《まぶた》を閉じたまま、じっと待っている。

花嫁はゆっくりと少し間を置いて、綸太郎の横に座らされた。彩華は振り向きたいが、三十人ばかりの来賓の目があるから、伏し目がちに前を見ていた。

能楽師たちは今度は、『四海波《しかいなみ》』を謡い始めた。

〽四海波静かにて、国も治まる時つ風、枝を鳴らさぬ御代《みよ》なれや、

あいに相生の、松こそめでたかりけれ

げにや仰《あお》ぎても、事もおろかやかかる代に

住める民《たみ》とて豊かなる、君の恵みぞありがたき、君の恵みぞありがたき。

天下泰平《たいへい》で民が暮らせるのは、帝《みかど》の政事《まつりごと》が素晴らしいからだという意味だが、夫婦が揃ったときに詠じられる寿《ことほ》ぎの歌として、古来より繰り返されてきたものだ。

数人の能楽師の清涼でありながら荘厳《そうごん》な謡に、夫婦になるふたりだけではなく、臨席した人たちも胸打たれるものがあった。

その時——。

グウッと花嫁のお腹が鳴った。

白塗りの化粧をしている彩華だが、俄に首筋が紅色に染まり、指先が震えるのが誰の目にも明らかに見えた。

とっさに綸太郎がワハハと笑って、

「こりゃ申し訳ありまへん。ゆうべから、ずっと飯を食うてなかったもんで、腹の虫も我慢できなかったようや。相済《あいす》みまへん」

と言った。

来賓たちも勘づいていたが、綸太郎の心遣いを笑いに換えて、俄に座席はガヤガヤと楽しそうにざわついた。媒酌人《ばいしゃくにん》が間に入って、三三九度を交わす前に、
綸太郎は小声で、

「〝わわしい女〟というのには続きがあってな、逞しいくせに、健気《けなげ》で情に厚いんや」

「いけずやな……」

「随分と待たせて、すまんかったな」

「いいえ。私は伏見稲荷で会ってから、十五年待ってましたから、半日くらいなんてことありまへん」

「俺は千年、待ってたで。おまえに会うために、何遍《なんべん》、生まれ変わったことか」

真顔で言う綸太郎に、「よう言うわ」と笑いながら、思わず肩を叩く真似をした。そんなふたりを、来賓たちは温かい目で見守っている。だが、ふたりは気に

する様子もなく、お互いを見つめ合っていた。

「いつから分かってたんです」

「その守り刀や。近衛さんとこで見てな。俺の先祖である本阿弥光悦の父が、正宗にこさえさせたものや。角倉家とは関わりが深いから、もしかして、となこれもまた縁やな」

「ほんまやわ……」

「とにかく、一条戻橋で会《お》うたんは鬼じゃのうて良かった」

「これからは分かりまへんで」

くすっと笑ってから、彩華は訊いた。

「それにしても、あれからどうやって……」

小笠原屋敷に入ったところまで見たと話したが、綸太郎は苦笑して、

「ちょっと難儀やったけどな。また、いずれ話してやるわ」

と言っただけだった。

実は——屋敷の中に入ったのは、賊に脅されたからではない。屋敷内に入った方が、関わりのない人たちを巻き込まずに、成敗できると判断したからだ。

その直後、綸太郎は近衛家から受け取ったばかりの偽の鬼切丸で、バッサバッ

サと盗賊一味を斬り倒したのである。むろん死なない程度に怪我をさせただけだった。そこに近衛基前が駆けつけて来て、小笠原家の家来たちも加勢し、すぐに一件落着したのだ。

しかし、そやつらは都を騒がせている〝鞍馬の天狗党〟とは違う盗賊一味だった。綸太郎は関わった手前、京都所司代やら京都町奉行などに事情を説明するのに、かれこれ一日を無駄に過ごしたのだった。

そのような理由は聞かずとも、もはや彩華にはどうでもよいことであった。何が可笑《おか》しいのか、ふたりは顔を合わせて、にこやかに笑っていた。

「ふたりは初めて会《お》うたのに、なんや楽しそうやな」

「夫婦は前世からの契《ちぎ》りちゅうからな」

「それにしても、花嫁は笑い過ぎとちゃいまっか」

「いやいや、めでたいことや」

「ほんまや。これからは、ずっと一緒にいられるのになあ」

「うちの女房なんかもう、俺が出かけても、帰りが遅いなんて心配してくれまへん」

「仲がよろしい証拠や。うちなんか、なんで帰って来たの、でっせ」

「夫婦は相性が一番。このふたり見てたら、そんな気がしてきまんなあ」

金屛風の前では、客人がいるのを忘れたかのように、綸太郎と彩華が大笑いしている。幸せの始まりなのか、大変な騒動の序章なのかは誰にも分からない。

ただ、彩華は決めていた。

——千両取り戻すまで、『咲花堂』で儲けさせて貰いまっせ。それが、御家のため、嫁ぎ先のためになる。

そう頑《かたく》なに信じていたのである。

おぼろ月夜の下で、三三九度の後の宴《うたげ》はいつ果てるともなく続いていた。

第二話　乾坤一擲《けんこんいってき》

一

伊勢神宮には、後鳥羽《ごとば》上皇が奉納したとされる、〝乾虎坤龍《けんここんりゆう》〟という一対の御神刀があるとされる。ひとたび離ればなれになると、噎《むせ》び泣いて血を見ないでは済まないという伝説がある。

この太刀《たち》は、上皇の〝御番鍛冶《ごばんかじ》〟である粟田口国安《あわたぐちくにやす》の銘刀《めいとう》である。上皇は日本刀への造詣《ぞうけい》が深く、自《みずか》ら作刀も手掛け、〝御番鍛冶〟という制度を作った。その御番鍛冶に命じられたのが、備前の一文字《いちもんじ》派や備中の青江《あおえ》派、山城《やましろ》の粟田口派といった名門の刀匠たち、十二人であった。

粟田口国安作とされる〝乾虎坤龍〟が二本とも消えたという噂《うわさ》は、伊勢から近江、京、大和、紀州などの国々に流れていた。とはいえ、その御神刀が伊勢神宮の外宮《げくう》か内宮《ないくう》か、何処《どこ》に祀《まつ》られていたかは誰も知らない。盗まれたかどうかも怪しい風聞《ふうぶん》だったが、伊勢街道では、二、三の辻斬りが起きており、死人もひとり出たという。

その噂を聞いて――。

消えた名刀の行方《ゆくえ》を探して、鈴鹿《すずか》や津《つ》、伊勢など、まだ桜並木が色づいている街道を歩く三人組がいた。

頭目格は天山丸という山賊のような屈強な中年男に、寛平《かんぺい》という若い商人風、それに安徳坊《あんとくぼう》と名乗るまだ十歳くらいの子供であった。

「頭《かしら》……〝乾虎坤龍〟が消えたって、ほんまでっか。といっても、俺にはどんな名刀かも、どれだけの値打ちかも分からへんけどな」

寛平は金儲けのことしか頭にないようだったが、どんな代物《しろもの》かは楽しみだった。

刀剣や書画骨董《こっとう》というのは、値があってないようなものだ。しかも盗品であっても、好事家《こうずか》はとんでもない金を出して、独り占めしたくなる。人の欲に付け込んで、大儲けするのが、寛平の人生そのものだった。

「任せておけ、寛平。俺も出鱈目《でたらめ》に街道を歩き廻っているのではない」

「分かってますよ。先祖伝来の鼻が利きますもんねえ」

からかうように言うと、天山丸なる男は歌舞伎《かぶき》役者が見得《みえ》を切るように、

「天下一の盗賊か、はたまた天下一の目利きか……盗んで半畳、売って繁盛。アッ、濡《ぬ》れ手《て》で粟《あわ》の粟田口、国を安んじる天下の剣《けん》、探し出してくれようぞ」

と言うと、後ろからついてきている安徳坊が「ベベン」と続けた。

「それより、おっさんたち。拙僧《せっそう》はさっきから腹の虫が鳴いとるじゃ。先に見えるは、伊勢うどんの店ではないかいなあ」

手を額《ひたい》にかざすと、さらにお腹の虫がグググと音を立てた。

「あはは。おまえは小さいくせに、腹が減るのだけは一人前やな。昼飯は俺たちより、沢山《たくさん》食うたやないか」

「育ち盛りと言うとくれ」

「しゃあない。一休みするとするか。腹が減っては戦《いくさ》ができぬからな」

寛平が笑った途端――カキンカキンと刀を激しく打ち合う音がした。

三人が同時に街道脇の竹林を見ると、渡世人《とせいにん》風数人と若侍が向かい合って、刀を突き出して争っている。

三度笠《さんどがさ》に黒合羽《くろがっぱ》というお決まりの渡世人姿の男たちは、いかにも悪辣《あくらつ》そうな面《つら》構《がま》えばかりで、若侍は気弱そうで屁《へ》っ放《ぴ》り腰である。しかも多勢に無勢。どう見ても、若侍は無惨《むざん》に斬り殺されるであろう。

「戦ですよ。頭……ぼうっと見てないで、助けてあげないんですか」

安徳坊が心配そうに声をかけると、天山丸は冷静に、

「他人の揉め事に巻き込まれるのは御免だ。腹が減ってるからな。先へ行こう」

「そんな。あれじゃ、若侍がやられちまうよう」

「おまえに関わりあるのか」

「拙僧は、殺生《せっしょう》が嫌いです。寛平さん、助けてあげてよ。あんたいつも、大坂天満《てんま》は俺の縄張りだと喧嘩《けんか》ばかりしてたんでしょ。やくざ者の十人や二十人、その腕で張り倒してたんでしょう。いつも言うてるやないですか」

　駆け寄り袖を引く安徳坊に、寛平が笑いながら答えた。

「おまえが心配せんかて、あの若侍はそこそこの腕や。あの竹藪《たけやぶ》に誘い込んだのも、たぶん若侍の方やろ」

「そうなん？」

「見てみい、竹が邪魔して、渡世人らは斬り込めんやろが。それに、もし本当にヤバいなら、おまえが言わんでも、頭が助けに行ってるわい。なにしろ、新陰《しんかげ》流《りゅう》の免許皆伝《かいでん》やからな。ね、頭」

「え、ああ……まあな……」

　腰の刀に手をあてがってみたが、天山丸は苦笑いをして先に進もうとした。

　そのとき、若侍の大声が聞こえた。

「天下の名刀、粟田口を貴様ら如《ごと》きに渡すわけにはいかぬ。奪えるものなら、奪ってみろ。その前に貴様らの首が飛ぶぞ」

ハッと天山丸と寛平は振り返って、竹林の方に近づいた。安徳坊も追いかける。

「若い武家さん。粟田口ってのは、粟田口国安のことでっか」

寛平が訊《き》くと、若侍は振り返りもせずに、「そうだ」と素直に答えた。敵から目を離すと攻撃されるからである。その状況でありながら、寛平は遠慮なくもう一度、尋《たず》ねた。

「もしかして、背中に背負ってる刀ですか。立派な錦《にしき》の鞘袋《さやぶくろ》に包んで」

「そ、そうだ……」

必死に構えながら、渡世人たちを牽制《けんせい》している若侍に、今度は天山丸が訊く。

「一本しかないが、それは今噂の、伊勢神宮から盗まれたという〝乾虎坤龍〟なのか」

「――いや、それは分からぬ……」

突き出してくる渡世人の道中差しを弾き返しながら、若侍は答えた。

「どないします、頭」

「うむ……とりあえず、見てみるか」

天山丸は頷《うなず》くと、竹林の中に足を踏み入れながら、

「切り株があるから気をつけろよ、安徳坊。中途半端に出てる筍《たけのこ》も危ないぞ。踏んだら大怪我《おおけが》するから」

と渡世人たちにも聞こえるように言った。

「なんだ、おまえたちは」

渡世人の兄貴分がギラリと振り返った。目から口元にかけて刀傷がある。

痛々しい顔をわざと向けたのだろうが、天山丸はそのような面構えの悪党は散々、見てきたので、怖くもなんともなかった。むしろ、公家《くげ》のような真っ白な顔で、さりげなく悪さをする輩の方が恐ろしかった。

「邪魔すると、てめえらも痛い目に遭《あ》うぜ」

「てめえらもって、五人がかりで、まだ一太刀も若侍に浴びせてないではないか」

「なんだと」

「そうやって、なんだと……って訊き返す意味が分からない。事実を言ったままだ。そこに俺たちが加わると、小僧も入れて、五対四だ……倒すのは大変だよ」

「てめえら、目にもの見せてやる」

兄貴分が凄《すご》んだ顔に――ヒュッと空《くう》を切る音がするや、筆先のような小さなものが飛来して、鼻の横に突き立った。

吹矢である。安徳坊が狙いすまして吹いたのだった。

「あたた。いてて」

「痛い目を見たのは、おまえの方だったな。だが、その顔にはお似合いだ」

「ぶ、ぶっ殺してやる。やれ」

吹矢を抜き捨て、悲痛に叫ぶ兄貴分に従って、子分たちが襲いかかろうとした。寸前、天山丸は目にも留まらぬ速さで抜刀《ばっとう》し、バッサバッサと二拍子でハの字を描いた。

すると、竹が数本パカッと割れて、渡世人たちの方に倒れかかった。生い茂った笹の枝が頭から落ちてきて、あっという間に渡世人たちは下敷きになった。中には、切り株や筍に背中や腹を刺されて、呻《うめ》いている者もいた。

「だから言わんこっちゃないだろう」

天山丸が心配そうに言うと、渡世人たちは腹ばいで竹の下を這《は》いずりながら抜けだし、一目散《いちもくさん》に逃げだした。

「お、覚えてやがれ」

兄貴分は威嚇《いかく》するように言いながらも、子分たちと一緒に畦道《あぜみち》の方へ走り去った。

「捨て台詞《ぜりふ》も、あの手の輩のお決まりだな。あはは」

寛平が指を差して笑ったが、天山丸は鞘に刀を納めながら、

「おまえは何もしていないではないか」

「応援してましたよ」

「まったく減らず口ばかり叩くな」

「口は、ひとつしかありまへんからね。それより頭、あいつ……」

と寛平が指さすと、若侍は腰を抜かして、竹藪の中で座り込んでいた。

「頭が見立てたほどの腕前じゃなかったようやな」

「おまえの見立てだろうが。そうやって、すぐ人のせいにするな」

「そやかて、旦那も知らん顔してたやおまへんかあ」

からかうように言いつつも、寛平は若侍に手を貸して立たせ、街道の先にあるうどん茶屋に誘った。

奥にある小部屋に入ると、天山丸は若侍から預かって、刀を見てみた。

唇《くちびる》には懐紙《かいし》を挟んで刀身に息がかからぬようにし、鋒《きつさき》、三《み》つ頭《がしら》、物打ちから上身《かみ》、鎺下《はばきした》、そして峰《みね》の反《そ》りや重《かさね》、身幅などを丁寧《ていねい》に睨《にら》むように眺めた。真剣なまなざしには、人を寄せつけない鋭さがあった。

「うむ。間違いない。粟田口国安だ」

「やっぱり、そうなんですな……でも、鎺や鍔《つば》、目釘《めくぎ》などを外して、柄《つか》の菱巻《ひしま》きなんぞ取って、銘《めい》を確かめんでもええんですか」

「刀身を見れば分かる。確かめるのは後でもええやろ。しかし、これが〝乾虎坤龍〟かどうかは、俺にも分からぬ。若いの……」

「田崎新八郎《たざきしんぱちろう》と申します」

「どうして、かような名刀を持っており、何処へ行こうとしていたのだ」

「それは……」

言い淀《よど》んだ田崎の横で、ずるずると伊勢うどんを食べている寛平が言った。

「なんか、こうもちもちして、温かいつゆもない〝うろん〟は、どうもなあ……やっぱり大坂の〝けつねうろん〟が一番や」

「何の話をしてるのだ。これはこれで、うまい。鰹《かつお》だしが利いてて、俺は好きだ」

天山丸は刀を鞘に戻しながら、

「その話じゃなくて、なあ田崎さんとやら。人に言えぬ訳があるのか」

「頭ア、訳があるから言わんのとちゃいますか。でもね、お侍さんにとっても、ええ話やと思いますよ」

伊勢うどんを食べ終えた寛平は、田崎に向き直って、

「この人、凄いでしょ。ヤットウの腕前も、鑑定眼も。名前は、てんてん天下の天山丸と言いますねん。それが笑っちゃうことに、本名なんですわ。でね、苦手なものは……」

「言うな、寛平」

すぐに天山丸が遮《さえぎ》った。

「でしょ。人には言えへんことが、誰にでもあるんですよ。でもね、これだけは言うときますわ、お侍さん……この人は、あの本阿弥光悦の本家の流れを汲《く》む、正真正銘の刀剣目利きです。そやから、一目で銘まで分かったのや」

「えっ……ほ、本当ですか」

「ほんまや。嘘《うそ》ついてどないするんです。田崎さんが、どんな理由で、どこへこの刀を持っていくのかは知りまへんが、さっきのような輩に襲われるちゅうこと

は、ただ事ではありまへんなあ。また命を狙われるかもしれまへんから、私たちが守ってあげまひょ」

人たらしの寛平が言い寄ると、田崎は小さく頷いて、

「今の話は本当ですか……本阿弥家の直系の御子孫というのは……」

と聞くと、天山丸は頷いた。

「そうですか……では、京は松原通東洞院にある『咲花堂《さくはなどう》』という立派な刀剣目利きは、ご存じですか」

「立派かどうかはともかく、よく知っておる。先代からな」

「では、やはりご親戚……」

「向こうは、分家筋の上条家。本阿弥家ではない」

天山丸が胸を張ると、田崎は納得したように頷いて、

「なるほど。ですが、そこに行けと、殿様に命じられているのです。あ、どこの家中の者かは、今はご勘弁下さいまし。『咲花堂』の上条綸太郎さんに、お届けするまでは」

「分かった。だが、奴は……いや、綸太郎は今、『咲花堂』本家にはおらぬ」

「えっ。では、どこに……」

「同じ京ではあるが、吉田神社下の神楽町におる。奴は何年か、江戸の神楽坂という所におってな、出店をしていたのだが、先年、親父の体がちと弱ったとかで、ふらりと帰って来て、神楽町の同じ神楽坂という坂道に店を出してるのだ。いくつになっても落ち着かぬ奴だ」

「そうだったのですか……」

「ならば、丁度《ちょうど》良い。案内致そう」

天山丸が言うと、寛平も「なんだか、運が向いてきたみたいでんな」と手を叩いて喜んだ。隣の食台では、安徳坊がまだ伊勢うどんをずるずる食べている。

「おまえ、何杯食うとんねん。少しは俺の財布に遠慮せえ」

寛平が呆《あき》れ果てていると、助けてくれたお礼に、田崎が支払うと言った。

「なら、あと二杯、いや三杯、下さいな」

安徳坊は丸く膨らんだ腹を撫《な》でながら、店の者に頼むと、寛平も追加を頼んだ。

二

京は町中、桜は今が盛りの満開であった。

鴨川沿いの土手道、平安神宮、東山の知恩院《ちおんいん》、八坂《やさか》神社（祇園社《ぎおんしや》）、高台寺《こうだいじ》あたりも花見の人々で賑《にぎ》わっていた。

『咲花堂』は吉田神社下から鴨川に向かう緩やかな坂道に面してある。近くには呉服屋、小間物屋、菓子屋、茶店などが並んでいるが、いずれも間口の狭い店だから、『咲花堂』は意外と大きく見えた。もっとも、元の洛中《らくちゆう》にあった店と比べたら、雲泥《うんでい》の差。それでも、刀剣目利きが本業の綸太郎にとっては、何不自由のない暮らしだ。

周りの者たちは、「はよ嫁貰え」とうるさかったが、先祖同士も縁のあるええ嫁さんをもろたと、綸太郎は近所中に自慢していた。なんとなく、はんなりとした毎日に、綸太郎は満足していた。

毎朝、吉田神社まで登ることはないが、目の前の大きな赤い鳥居に手を叩いて合わせるだけで、御利益《ごりやく》があった。

参拝客は朝早く来る者もいれば、物見遊山《ものみゆさん》に昼下がりに来る者もいる。商売人はいち早く店を開けておくものだが、綸太郎は〝物売り〟ではないと自覚しているので、早起きなどはしたことがない。

だが、彩華は日の出の前に寝床《ねどこ》から出て、化粧っけのない顔で、吉田神社まで登って参拝し、朝日が神楽岡から差す頃には、ちゃっちゃと水撒《みずま》きをして、掃除を済ませる。すぐに朝餉《あさげ》の仕度《したく》に取りかかり、峰吉を含めて数人の奉公人に食べさせてから、自分も慌《あわ》ただしく済ませると、表に出て客引きをするのが日課だった。

「ええ、茶碗、おまっせ。縁起の良い扇子《せんす》に掛け軸、懐刀に仏像まで取り揃えてますさかい、どうぞ立ち寄ってご覧下さいな」

鈴の鳴るような声で、彩華は通り行く参拝客たちに声をかけている。番頭の峰吉ですら、少しばかり恥ずかしかった。

「彩華さん……あ、いえ、奥様……うちは旦那さんも言うてるとおり、物売りとは違いますので、無理に客の呼び込みはせんでも、ええですよ、ほんま」

「奥様じゃのうて、彩華と名前でええです。そんなことより、峰吉さん。刀剣だろうが、茶碗だろうが、売ってなんぼの商売ですがな。並べておくだけやったら、お公家さんのお屋敷の陳列棚にでも置いてたらどないや」

「いや、そういう意味ではなくて、商売っけを出したら、逆に客は引きまっせ。しかも、ここいらは参拝する人ばかりよって、そんな下品な呼び込みはあきまへん」

「あら、峰吉さんは『咲花堂』の大番頭も務めた遣《や》り手。金儲けは三度の飯よりも好きだと、聞いておりますが」

「そんなん……誰からです」

「旦《だん》さんからです。手代やら前の店の人やら、みんなそう言うてまっせ。角倉のご主人かて、そう……」

峰吉は反論できなかった。たしかに、殿様商売のように待っていただけでは、儲けることができない。霞《かすみ》を食うて生きていくことはできないので、物を売って稼ぐのは当然である。

しかし、刀剣目利きは本来、磨研《とぎ》、浄拭《ぬぐい》、鑑定《めきき》が本業であり、書画骨董は相手があって交渉の上、値を決めるものである。仕入れ値が幾らで、売値を設定して、どれだけ利益を上げるかという商いとは根本的に違う。峰吉は、そのことを彩華に常々話しているのだが、

「そやかて、儲けが出なかったら、食い扶持《ぶち》があらしまへんやん」

と、あっさり返される毎日だった。商家で育った彩華なりの信念を曲げるつもりはないらしく、恥ずかしげもなく店に招き入れるのだった。

時に土産物《みやげもの》として安物は売れたが、何両もするものを庶民が買うはずがなかった。だが、稀《まれ》に何処ぞの金持ちや酔客《すいきゃく》が、名品と自ら見立てて、「掘り出し物や」と喜んで買って帰ることもあった。

それはすべて、彩華が呼び込んだ客である。茶碗ひとつ、掛け軸一幅が売れるのも、彩華の呼び込みという縁があってのことだ。

桜色に染まっている吉田神社への山道を、老若男女《ろうにゃくなんにょ》が上り下りしている。八百万《やおよろず》の神様と通じているという、四座の神様を有り難く拝みながら、彩華は今日も熱心に客引きをしていた。

――乙女子《おとめご》が袖ふる山に千年《ちとせ》へて、ながめにあかじ花の色香を……。

綸太郎から教えて貰った秀吉の歌を、ばかのひとつ覚えのように詠《えい》じながら、目の前を通る人々に、持って生まれた明るい笑顔を振りまいていた。

いつものように、彩華と年が変わらぬ若い娘たちが赤い鳥居をくぐるのを眺めては、春の一日を楽しんでいる。

「若奥さん。桜がぎょうさん咲いて、おめでとうございます」「けっこうな日和《ひより》でございますなあ」「今日も良い一日を」

これまた、いつものように近所の人から、声をかけられる。がやがやした大坂とは少し違う雰囲気だが、隣に綸太郎がいることも、彩華には幸せな気分だった。

いつもの京友禅《きょうゆうぜん》の羽織《はおり》に着物、品の良い角帯《かくおび》に履《は》き物《もの》は洒落《しゃれ》た京風縄草履《なわぞうり》。いかにも若旦那らしい穏やかな風貌《ふうぼう》の綸太郎は、やはり本阿弥家の流れを汲む『咲花堂』の若旦那だけあって、この界隈《かいわい》でもよく知られていた。大坂風の呼び込み商売は性《しょう》に合わないのであろう。だが、綸太郎自身は、「やめろ」とは一言も言ったことはない。彩華の好きにさせていた。

人と人も、骨董と同じで、出会うかどうかは縁しだい——だと思っている。お互いが惹《ひ》かれあうことがあれば、しぜんに夫婦《めおと》になるであろう。綸太郎と彩華もそうだった。

お互い顔を見合わせて微笑《ほほえ》み合ったところへ、ひらひらと桜の花びらが一枚、舞ってきた。それに彩華が指先を伸ばしたとき、

「相変わらず暇そうだな、綸太郎」

と通りから声がかかった。

ふたりして振り向くと、天山丸が立っていた。彩華にとっては初対面である。

「これか。嫁になったちう、大坂は淀屋橋『吉田屋』からきた娘は……案外、別《べっ》嬪《ぴん》さんやないか。おかめと聞いてたがな」

天山丸の人を小馬鹿にした態度に、彩華は一瞬、メラッとなったが微笑み返して、

「彩華と申します。そちら様はどなたでございましょうか」

「聞いてないか。本阿弥家本家の天山丸や」

「天山丸様……丸って、なんか犬ころにつけてるようなお名前どすな」

「初めて会《お》うた相手を犬扱いか。こりゃ、けったいな嫁を貰《もろ》うたな、綸太郎」

負けじと底意地が悪そうな目になって、天山丸も言い返した。

「彩華さんとやら、ちゃんと覚えてきなはれや。丸は、男の美称や。麻呂《まろ》から来てる。お城にも本丸だの二の丸だと付けるし、殿様の若君には幼名は大概、鶴丸《つるまる》とか竹丸《たけまる》とか言いまっしゃろ。刀剣にも、鬼切丸、石切丸《いしきりまる》、膝丸、天光丸《てんこうまる》、陰陽《いんよう》丸《まる》などなんぼでもある。これは、男らしい名前の証やで」

「よう勉強になりました。では、子供が使う〝おまる〟もあれは男用ですか」

「──おい……可愛い顔して、喧嘩を売っとんのか」

「相済《あいす》みません。世間知らずなもんで……そちらの小僧さんは」

天山丸の横に立っている小僧姿の安徳坊に、彩華は声をかけた。小僧姿はちょこんと頭を下げて、

「お初にお目にかかります。安徳坊と申します」

と挨拶《あいさつ》をすると、綸太郎も笑顔で近づいて軽く坊主頭を撫でてから、天山丸に目を向けて、

「これは叔父上《おじうえ》。ご無沙汰《ぶさた》しております」

「おまえに叔父上と呼ばれる筋合いはないがな。年だって、一回りも違わぬはずだ。それに、おまえと俺の父親は兄弟ではない。従兄弟《いとこ》同士だ。だから……」

「私が小さい頃から、すでに貫禄《かんろく》がありましたし、呼び慣れてますから」

綸太郎はさらりと躱《かわ》して、

「何かありましたか。うちには余程の時しかいらっしゃいませんから」

「嫌味を言うな。おまえももう少し大人になったらどうだ……ここではなんだから、茶でも点《た》てて貰おうかな」

半ばごり押しで店に入ってきた天山丸は、勝手知ったるとばかりに奥の座敷に

まで上がり込んでいった。安徳坊は峰吉が預かり、店番の真似事をさせた。

「どうぞ、ごゆっくり」

彩華は微笑みかけてから、また客引きに戻った。

裏千家《うらせんけ》の作法どおり点前《てまえ》を見せ、綸太郎は大切にしている黒楽《くろらく》の茶碗で、濃茶《こいちゃ》を差し出した。天山丸も手慣れた作法で茶を飲み干すと、形ばかり誉め、勿体《もったい》つけたように溜息をついてから尋ねた。

「伊勢神宮の〝乾虎坤龍〟……の噂は耳にしておるか」

「いいえ、何も」

「まったく？」

「やはり何かあったのですね」

「では、田崎新八郎という若武者は知っているか」

「何方《どなた》ですか、それは」

「知らないのか。心当たりもないと……」

「はっきり、おっしゃって下さい」

綸太郎に迫られて、天山丸は妙だなというふうに首を傾《かし》げてから、伊勢街道で田崎新八郎を助けた経緯《いきさつ》を話した。だが、〝乾虎坤龍〟の二刀が、誰かに盗まれたまま行方《ゆくえ》知れずという噂は、黙っておいた。

「その田崎という若侍は、どこの藩の者かも名乗らぬが、粟田口国安の名刀を持参して、ここに来ることになっているはずだ」

「えっ。どういうことでしょう」

「本当に何も知らぬのか。俺の見立てでは、刀はまことに粟田口国安のものだった。だが、おまえに先触れが来てないとなると、一体、何が狙いなのだ、あやつは」

天山丸はしばらく腕組みで唸《うな》って、

「ふむ……とにかく、おまえに会わせてみるか……何か事情があれば、俺も手助けしようと先に来たのだが……おい、安徳坊」

と声をかけると、ガチャンと茶碗か皿が割れる音がした。

アッと天山丸の方が慌てて、店に戻ると、安徳坊の足下に割れた茶碗がある。

それを目にした天山丸は、

「おい。これは、あらら、天目《てんもく》茶碗ではないか。お、おまえ、なんということを」

と叱《しか》りつけようとしたが、峰吉は意外と平気な顔をして見ている。後から顔を

出した綸太郎が笑いながら、

「それは私が作った贋作《がんさく》ですよ。本物も二階に置いてますがね、お客さんが手にして割ることも時々、ありますので……小僧さん、気にすることはありませんよ」

「でも、これ……若旦那が作ったのなら、それはそれで、申し訳なく……」

「かましまへん。これで、何か厄《やく》が飛んでってくれましたわ」

綸太郎が言うと、安徳坊は割れた破片を拾いながら、

「俺……こうやって、よう茶碗やら壺やらを割ってたから、比叡山《ひえいざん》を追い出されたんです……ほんまは珍念《ちんねん》と言いますが、修行した僧坊の安徳坊を名乗ってます、はい」

と謝った。

「安徳坊……それはそれは帝のような立派なお名前やな。なかなか、しっかりした子や。そうか、比叡山のな……まだ小さいのに、よう頑張《がんば》りましたなあ」

一緒に綸太郎も破片を片付けていると、店の前に例の若侍が立った。挨拶もそこそこに切羽詰まった顔で、

「上条綸太郎さんですね……天山丸さんが、先に話をすると待たされてました

が、本当に火急を要するのです」

と言った。

事情は分からないが、彩華は不思議そうな顔をして、すぐに奥に案内しようとした。天山丸もついていこうとすると、田崎の方が、「重要な秘密があるので、綸太郎さんとふたりだけで話したい」と遠慮願った。

「なんだ、おまえ。命を助けた上に、案内してやったのに、その態度は」

「ご勘弁下さい。綸太郎様に話した後で、もし都合が悪くなければ、綸太郎さんからお話し願えればと思います」

天山丸はふて腐れたようになったが、彩華は気を逸《そ》らすように、

「そや。叔父様。すぐそこに、菓子屋があって、〝桜花びら餅〟がありますさかい、一緒にどないですか」

と誘った。

「いらぬ。わしは辛党《からとう》でな」

酒を飲む真似をしたが、彩華が半ば強引に誘うと、安徳坊は嬉しそうに食べたいとついてきた。丁度、桜の季節だから、花びらをかたどったものに、去年のさくらんぼうの酢漬けを練り合わせたものだ。

「実はこれ、お酒のあてにも丁度良いとかで、伏見の酒も置いてまっせ」

酒と聞いて、彩華についていく天山丸を、峰吉は呆れ顔……いや頼もしそうに見送っていた。

「なかなか気が利くやないか」

二階の座敷に上がった綸太郎と田崎は、改めて向かい合って挨拶をした。田崎は持参した刀を、丁寧に手渡した。

「まずは、ご覧下さいまし」

綸太郎は威儀を正すように座ると、両手で拝んでから、おもむろに鞘袋を開け、鞘から刀を抜いて、作法に従ってじっくりと眺めた。何かを感じたようだが、〝沸《にえ》〟や〝反り〟がどうのこうのとは言わず、

「なるほど……」

と綸太郎は頷いて鞘に戻し、床《とこ》の間《ま》の刀掛けに置いた。

「この太刀は、後鳥羽上皇の〝御番鍛冶〟、粟田口国安がお作りになったものに間違いおへん。菊の紋が入っているかどうかは、後で目釘を取って調べてみます」

「やはり、そうですか……」

「で、あなたは誰に頼まれて、これを鑑定に出すことになったのですか」

真剣なまなざしになった綸太郎に、田崎は気後《きおく》れするほどだった。

「はい……私は、志摩《しま》国鳥羽《とば》藩の藩士で、この刀は藩主・稲垣平右衛門長続《いながきへいえもんながつぐ》様の家宝でございます。殿は、越後高田《えちごたかだ》藩の榊原《さかきばら》家から養子として、鳥羽稲垣家八代目となり、藩主に就《つ》いてから十年余りになります」

「稲垣様とお目にかかったことはありませぬが……」

「越後高田藩の榊原家とは、上条家は繋がりがあると聞いております」

「繋がり……という程ではないですが、榊原家と近江源氏である京極家とは、縁戚関係にありました。京極家とは親戚ですので、親父の代までは色々と付き合いはありましたが、そういえば、たしか……稲垣様の姫君もどこぞの京極家に輿入《こしい》れしたとか」

「そうです。京から近い丹後峰山《たんごみねやま》藩に……藩主は代々、若年寄になる家系です」

「ああ、そうでしたな」

綸太郎は得心したように頷いたが、この刀をどうしたいのか訊いた。

「実は、この名刀は殿が養子として稲垣家に入った折に、榊原家から持参したものなのです。ですが、此度《こたび》、本家から返せと言ってきたのです。むろん、殿は自分が養子に出される際に、お父上の榊原政永《まさなが》様から直々《じきじき》に戴《いただ》いたものですから、今更《いまさら》、返すつもりはありません」

「何か子細《しさい》がありそうですな」

「この刀が、後鳥羽上皇がお作りになった名刀だと知った、越後高田藩主の榊原政敦《まさあつ》様が、どうしても返せと……政敦様は榊原家の当主であり、官位も従四位《じゅしいの》下《げ》、式部大輔《しきぶのたいふ》という御身分。持つには自分が相応《ふさわ》しいと言い出したのです」

「要するに兄弟喧嘩ですか」

「稲垣家に来た長続様は、榊原家の十男で、政敦様の十六歳も年下です……お父上の政永様から見れば、年を取ってからの子ゆえ、可愛かったとのこと」

「でっしゃろうな。それで、この名刀を持たせたのですね」

越後高田藩といえば、徳川家康の六男・松平忠輝《ただてる》が開いた藩として知られているる。二代将軍になった兄・秀忠《ひでただ》の怒りを買って改易《かいえき》されるまでは、越後信濃《しなの》にまたがる七十五万石の大大名だった。その後、紆余曲折《うよきょくせつ》があって、寛保《かんぽう》年間に榊原政永が入封《にゅうほう》してから、ようやく落ち着いたのだ。

「この名刀は、松平忠輝様の遺品とも伝えられております。ですが、忠輝様は容貌魁偉《かいい》で所行も常軌《じょうき》を逸《いっ》していたとのことで、父親の家康公にも忌《い》み嫌われるほど……それゆえ、この刀も妖刀と恐れられ、城のどこぞの櫓《やぐら》か蔵に仕舞《しま》われていたとか」

「妖刀は、守り刀にもなりますがな」

「ええ。それで、殿が養子に来る際に、お父上から拝領したそうです。が……」

「が……？」

「この刀があるせいか、殿は近頃、ご病気ぎみで、あまり芳《かんば》しくないのです」

心配そうに田崎が言うので、綸太郎は改めてその刀を持ってみた。たしかに、重い気がする。

「――とにかく、政敦様が今になって、『値打ちものだから返せ』というのは、理不尽《りふじん》極まりありません。そこで……この刀を極秘に預かっていただき、きちんと鑑定していただきたく存じます。その上で……」

「その上で……？」

「贋作であると、榊原家にはお伝え願えればと思います。榊原家とは深い間柄の上条家ならばこそ、鑑定を信頼し、返納させるのを諦《あきら》めるかと思います」

「本物であっても、偽物だと証明せよと」

「はい。決してしてはならぬことは、百も承知です。ですが、そうして下さらないと、鳥羽藩と戦にもなりかねません」

「戦とは大袈裟《おおげさ》な……」

「裏では、公儀も動いている節《ふし》があるのです。先程もお話ししたとおり、お互い若年寄を務める京極家とも繋がりがありますので」

越後高田藩は十五万石。対して鳥羽藩は三万石。戦といっても、この泰平の世に兵を出して合戦するわけではあるまいが、綸太郎には分からぬ武家の争いがあるのであろう。

綸太郎は、上条家に伝わる〝三種の神器〟のことで、前の老中首座・松平定信《さだのぶ》と激しい揉め事に巻き込まれた。それがキッカケとなって、松平定信は老中首座の地位を捨てざるを得ない事態となった。だが、以来、綸太郎は武家と関わるのはすっかり辟易《へきえき》としていた。

松平定信が幕政から去った後は、三河《みかわ》藩主の松平信明《のぶあきら》が老中首座となり、太《おお》田資愛《たすけよし》らも老中として補弼《ほひつ》した。

ところが、十一代将軍・徳川家斉やその実父の一橋治済《ひとつばしはるさだ》との確執《かくしつ》から、松平信明も老中を辞することになったものの、その後を継いだ幕閣が揃って無能。特に外交問題で苦境を強《し》いられたため、防衛体制では定評があった松平信明が再び老中に戻っていたのだ。

幕政の中枢《ちゆうすう》が誰であれ、刀の一本のことで、命を奪い合うほどの抗争に、綸太郎は二度と巻き込まれたくないと思っていた。

刀剣や骨董は、かくも人の心を惑わせ、正常でなくする魔力がある。それを百も承知しているからこそ、綸太郎はこの手の話には乗りたくなかったのである。

「——申し訳ないが、これは俺の手には負えぬものやと思います。贋作だと証明すれば良いだけの話ならば、下におられる本阿弥家本家の流れを汲む、天山丸さんにお願いした方がよろしいでしょう」

「いえ。相手の榊原政敦様も、綸太郎さんの鑑定しか信じないと言うてきているのです。どうか、どうか宜しくお願い致します」

両手を床について、田崎は頼み込んだ。困った綸太郎だが、返事はしなかった。

「お武家様が、そんな格好はおやめ下さいまし……」

「では、お聞き届け下さるので」

「いや……その前に、叔父上の話では、何者かに狙われたとのことですが、もしかして榊原様の手先ですかな」

「分かりません。渡世人たちでしたし……何か誤解していた節もあります」

「誤解……」

「伊勢神宮から盗まれた名刀だと……あ、いえ……これは天山丸様がおっしゃったことで、渡世人たちではないのですが。街道ではそういう噂もありましたから」

「ふむ……」

綸太郎は短い溜息をついて、後ろを振り向きながら、

「安徳坊だったかな。立派な名前を持ちながら立ち聞きとは、感心できまへんなあ……そういや、〝御番鍛冶〟を作った後鳥羽上皇は、安徳《あんとく》天皇の弟やないですか。いわば、あんさんがお兄さんや……刀を取り返しにでも来たんですかいな」

と冗談で言った。

「違います」

素直に陰から飛び出してきた安徳坊は、

「頭に……いえ、天山丸さんに、話を聞いてこいと言われたんです」

「そんな悪いことはしませんと、ハッキリと断れる人になりなさいよ……ということで、田崎様。嘘つきは泥棒の始まりですから、この話はなかったということ

で」

　綸太郎に引導を渡されて、両肩を落としたとき、階段を密かに上ってきていたのであろう、天山丸も少し赤らんだ顔を出して、

「綸太郎が言ったとおり、俺が請け負《お》ってやる。なに、偽の鑑定書を出さずとも、相手を説得する方策は幾らでもある。綸太郎は頭が固いからな、俺に任せておけ」

「え、でも……」

「まずは、お互いもっと仲良くならねばな。せっかく京へ来たのだ。祇園に繰り出そうではないか。俺の奢《おご》りだ。任せろって」

　困ったように田崎は救いを求める目をしたが、綸太郎は言った。

「大丈夫ですよ。叔父上は、置屋の旦那ですから、祇園界隈では誰もが知っている顔です。ねえ、叔父上様」

「おまえも行くか、久しぶりに」

「遠慮しておきます。俺はもう女房持ちやさかい。芸妓《げいぎ》や舞妓《まいこ》は綺麗やし、芸も上等ですが、俺はなんでか昔から、お座敷ちゅうのが、堅苦しいて、どうも落ち着きまへんのや」

「まったく、面白みのない奴だ」

天山丸は尻込みをする田崎の肩をガッと摑んで、じっくり話そうと誘った。

渋々、腰を浮かせる田崎を、

――あーあ。

という顔で、綸太郎は見送っていた。

その隣に寄り添った彩華は、申し訳なさそうに頭を下げた。

「ごめんなさい。お酒を一杯と思うたら、却《かえ》って天山丸さんを焚きつけたみたいで」

「一口でも飲んだら、あかん……絶対に止まらんのや。今後、気をつけてや」

「へえ。でも、ハッキリ言うておきますが、あの叔父さんとやら、大嫌いどす」

「どすって……なんでや」

「綸太郎さんの女房だと知ってるのに、お尻触ってきよりました」

「それも癖や。芸妓たちも嫌がってはる。気をつけときや」

「今度、あんな真似したら、簪《かんざし》を手に突き刺しますわ」

「そこまで……いや、そやな。それくらいせんと、叔父はきかへんな」

神楽坂を下っていくふたりの姿を、綸太郎と彩華は呆れ顔で見ていた。

三

日暮れから暗くなるまでの逢魔《おうま》が時が、天山丸は好きだった。

特に、桜が咲いている時節は、花提灯《はなちょうちん》と称されるほど艶《あで》やかで、祇園界隈の茶屋造り二階建ての町屋、その格子戸《こうしど》や辻灯りと相まって、気持ちがざわついてくる。〝盗っ人魂〟もじわじわ湧いてくる闇が広がるからであろうか。

花街《かがい》の良さは、昼間はどんよりとしている人々の顔が色づくことである。仕事で疲れているときと打って変わって、誰もが目を輝かせ、意気揚々《ようよう》と闊歩《かっぽ》している。三味線《しゃみせん》や太鼓の音に混じって、芸妓の透き通った歌声が聞こえたら尚更だ。

「祇園は初めてか」

天山丸が声をかけると、少し緊張しているのか、田崎は歩く足も震えていた。

「は、はい……初めてです」

「町を巡るだけで、女の匂い、化粧の香りがぷんぷん漂う気がするだろう。だが、誤解するなよ。遊郭《ゆうかく》の島原《しまばら》ではないからな」

この界隈はかつて、鴨川一帯まで、牛頭天王《ごずてんのう》の神霊を祀っている祇園院の広大な境内《けいだい》だった。ゆえに、花街の通称も祇園になった。

祇園とは、仏道の修行寺である「祇園精舎《しょうじゃ》」に由来し、牛頭天王が「祇園精舎」の守護神である。祇園院が八坂神社になったのは、明治時代になってからのことで、古来、八坂郷《やさかごう》と呼ばれていた土地だった。

祇園と呼ばれるのは、〝祇園社〟の西門前から四条通を中心とした、鴨川の東側一帯である。平安の昔より、祇園社の門前町として栄えており、祇園巡り、祇園村とも称されていた。

もっとも、応仁《おうにん》の乱を発端《ほったん》とする戦国時代には、焼け野原同然と化した。方広寺の大仏殿など失敗はあったものの、太閤秀吉によって京の都が復興されたといっても過言ではない。

四条周辺がきちんとした町になるのは、江戸幕府が鴨川改修をしてからだ。両岸には料理茶屋や水茶屋、旅籠《はたご》などがずらりと並んだ。寛文《かんぶん》年間には人気の芝居小屋も建って、

——客の絶ゆる時なし。

と言われるほど、祇園は大賑わいとなった。江戸時代を通じて、幕府の公許である島原遊郭よりも庶民的な歓楽街として、都人に親しまれてきたのである。

切妻に瓦葺《かわらぶ》きの二階建て、弁柄格子《べんがらごうし》に簾《すだれ》の町並みは美しく、舞妓や芸妓が下駄の音を鳴らしながら歩く姿が重なれば、誰もが心うきうきと弾ませた。

特に〝祇園村〟の中を流れる、白川《しらかわ》沿いの風情《ふぜい》が天山丸は好きだった。田崎を連れて、ぶらぶら歩いてくると、ひと跨《また》ぎで渡れるくらいの小橋の袂《たもと》にある『梅《うめ》の家《や》』の暖簾《のれん》をくぐった。

「おや旦那様。どこぞ、旅に出はったと、女将《おかみ》さんから聞いておりましたが」

お茶屋の女将が出迎えると、天山丸は自分で手持ちの塩をかけ、田崎にも振ってから履き物を脱いだ。

「何か良うないことでもありましたか」

「うむ。綸太郎と会ってきた」

「あらら、何をおっしゃいますやら。一緒ではないんどすか」

「誘ったが断られた。芸妓のいる座敷は落ち着かないらしい」

「ご冗談を。この前も、西陣の旦那衆とおいでどしたえ。おたくの春菊《しゅんぎく》さんや胡蝶《こちょう》さん、あやめちゃんとご一緒にね」

「うちの芸妓らと」

「へえ」

「――まったく……隅に置けぬ奴だ」

「怒ったらあきまへんがな。ご一緒の旦那さんが他の置屋から芸妓を呼ぼうとしたら、綸太郎さん『喜久茂《きくしげ》』のあやめらがええって」

天山丸は実は、祇園社前にある『喜久茂』という置屋の主人なのである。

置屋とは、芸妓や舞妓を抱えている家のことで、祇園一帯にあるお茶屋に〝派《は》遣《けん》〟するのを生業《なりわい》にしている。お茶屋は、飲食する座敷を貸すのが商売で、料理を作って出すことはしない。食べ物は、料亭に頼んで仕出しして貰うのである。

置屋の主人といっても、天山丸は『喜久茂』の女将・芳枝《よしえ》と夫婦であるだけで、商売には一切、関わっていない。

実は、天山丸は生まれも育ちも江戸である。公儀刀剣目利き所は、本阿弥家が代々、担《にな》ってきた。だが、次男坊である天山丸は、窮屈《きゅうくつ》な御用勤めを嫌って、名刀や骨董名品を探して諸国遍歴《へんれき》の旅を繰り返してきた。綸太郎に〝その気《け》〟があるのも、天山丸の影響である。

元売れっ子の芸妓で、置屋の女将に収まっていた芳枝と一緒になったのも、なりゆきであった。天山丸は根っから惚《ほ》れているが、芳枝の方は尻に敷いていると、もっぱらの噂だ。

とまれ座敷に上がった田崎は、特別扱いされる天山丸に驚いていた。伊勢街道で出会った野武士のような男と、目の前の格式のある旦那風が一致しないからだ。

やがて、会席料理が届き、自分の置屋の芸妓衆が訪れて、和気藹々《わきあいあい》と楽しい時を過ごすが、天山丸には感慨深いものがあった。

春菊や胡蝶、あやめらは舞妓になるための修業をしている頃から知っている。縁あって『喜久茂』に住み込んでから、日頃の手伝いの上に、舞や踊り、三味線や鼓《つづみ》や太鼓などの鳴物、長唄《ながうた》や常磐津《ときわづ》の稽古《けいこ》を、毎日欠かさずにする。加えて、茶道や華道、書道などもきちんと師匠について学んで、人としての教養も身につける。仕込みから見習い、舞妓から衿替《えりが》えして、一人前の芸妓になるまで、本当に厳しい修業を積んできたのだ。

「おまえらが、〝店出し〟したのは、ついこの前のようだな」

〝店出し〟とは、舞妓としてお披露目《ひろめ》することである。感慨深げに天山丸が言うと、姐《あね》さん格の上品な春菊は笑いながらも、

「旦那様には全然、お世話になりまへんどした」

と唇を窄《すぼ》めた。まだ舞妓のようなあどけなさが残るあやめも続けて、

「ほんまどすなあ。うちら、女将さんの顔しか覚えてまへんわ」

もちろん冗談だが、半分は家にいるのかいないのか分からない天山丸のことを批難めいて言った。天山丸は腹も立たない。本当に自分の娘たちのように、可愛くてしょうがないのだ。

「割れしのぶの髪に、だらりの帯だったのが、本当にこの前のようだ……今はこうして奴島田《やっこしまだ》や黒紋付きが似合うようになった」

あやめは笑顔を返しながら、やはりふざけたように、

「年を取ったと言いたいのですか」

「おまえたちはみんな、まだ若い……ああ、駄目だ……涙が出てきた……」

天山丸は袖で涙を拭いながら、

「どうもな……年を取ると、目元が緩くなってなあ」

「旦那様らしくない。うちら、まだまだ旦那様と女将さんのお世話になりますよって、よろしゅうお願い致します」

「そうだな。みんな、誰かに引いて貰うまで、せいぜい面倒見るからな」

「はい。綸太郎さんのお嫁さんになるまで、頑張ります」

あやめが微笑むと、春菊と胡蝶も「ええ？　私が妻になるんどすえ」「何を言

うの、綸太郎さんは私に〝ほの字〟なんどす」などと小競《こぜ》り合いが始まった。

「おいおい。そりゃ無駄だ。あいつはもう女房持ちや」

天山丸が言うと、それでも芸妓たちは、

「あら、〝囲い女《め》〟でもかましまへん。みんな、そう思うてますよ」

と褒めちぎった。そんな芸妓たちに、天山丸は不愉快な顔になったが、田崎まで
が芸妓の味方をするかのように、

「本当に立派な人だと思います。私、断られましたが、初対面なのに惚れ惚れし
ました。本当にいい人ですね」

「断られたって……綸太郎さん、そういうご趣味もありますの」

衝撃を受けたようにあやめが真顔になると、天山丸はガハハと大笑いした。

その時である。

乱暴な声がして、三十絡みの黒羽織に着流しの侍が入ってきた。一見して番方
同心だと分かる。十手は帯に挟んだままだが、いきなり田崎に問いかけた。

「京都東町奉行所の御所水泰広という者だ。志摩鳥羽藩の田崎新八郎殿でござる
な」

「あ、はい……」

かなり酒は入っているが、田崎は一気に酔いが醒《さ》めたようになった。

「訊きたいことがあるので、奉行所までご同行願えますかな」

「用件はなんでございましょう」

「話は奉行所にて」

寛文年間に京都町奉行所ができてから、京都所司代や上方郡代《かみがたぐんだい》から町政や司法の権限を受け継いだ。江戸は南北だが、京と大坂の町奉行所は東西に分かれており、お白洲《しらす》や詮議所《せんぎじょ》での吟味《ぎんみ》や訴訟受付を月番で行うのは江戸と同じだ。

西町奉行所は、二条城西側の千本通《せんぼんどおり》沿いにあり、東町奉行所は同じく二条城の南側、東寺真言宗《しんごんしゅう》の寺、神泉苑に隣接する上方郡代の屋敷が、そのまま役所となって使われている。神泉苑は元々、平安京大内裏《だいだいり》側に造られた〝禁苑《きんえん》〟である。つまり、天皇のための庭園であった。

「ささ、ご足労願いたい」

相手は仮にも武家である。言葉にこそ出さないが、下手《したて》に出ているうちに、さっさと腰を上げろという態度である。

わずかに尻込みする田崎を庇《かば》うように、奥から天山丸が声をかけた。

「明日にしてくれ。今、気持ちよく遊んでるところだ」

「これは本阿弥家の……いえ、『喜久茂』の旦那さん。おいででしたか」

「端《はな》から見えてたくせに、しらばっくれるなよ。この人は俺の大切な客人だ。邪魔しないでくれないかな」

「火急の用ですので」

同心の身分でありながら、やはり公儀刀剣目利き所を担う家柄であり、下には置かぬ姿勢で丁寧に答えた。天山丸はそれでも、町方役人が侍を引っ張るというのが解《げ》せないとばかりに、文句を言った。

「ならば旦那さんですから、申し上げましょう……その田崎殿には、人殺しの疑いがかかっております」

「人殺し。それはない。こいつが殺されそうになったのだ。それを、俺が助けた。その場には、おぬしも知っておろう。大坂は掛屋《かけや》『浪華屋《なみはなや》』の寛平と、安徳坊という小僧もいた」

「それはいつのことでございましょう」

「つい三日前のことだ。鈴鹿峠は地蔵院《じぞういん》と関《せき》の間くらいでな」

「そのこととは関わりなさそうですな」

御所水は我が意を得たりとばかりに、口元を歪《ゆが》めて、

「もう十日余り前のことです。お伊勢様の内宮近く、五十鈴川《いすずがわ》の土手で、人を斬ったのです。相手は、私が放った六兵衛《ろくべえ》という目明かしだ」

「目明かし……どういうことだ。田崎殿が京の町奉行所に追われる身だってことか」

「そういうことです」

「一体、何をしたというのだ。こいつはただ粟田口国安の名刀を……」

言いかけたが、天山丸は口を塞《ふさ》いだ。

「粟田口国安が、なんでしょう」

「いや……」

曖昧に天山丸が避けると、田崎の方がスッと立ち上がり、

「一緒に参ります。私は逃げも隠れも致しません。それに、六兵衛とやらを斬ったのは、私ではありません」

天山丸は止めようとしたが、田崎は大丈夫だと微笑み、

「今宵《こよい》は楽しゅうございました。後は、宜しくお願い致します」

と深々と一礼をして、御所水の後をついて出ていった。

見送る芸者衆たちの顔にも翳《かげ》りが広がった。折角《せっかく》の楽しい宴《うたげ》に水を差された

天山丸は、苛々《いらいら》と酒を呷《あお》った。

四

神楽坂『咲花堂』の綸太郎のもとに、御所水が訪ねてきたのは、その翌日の昼下がりのことだった。

「あれ……？」

御所水は綸太郎を見るなり、首を傾げて詰め寄った。

「おぬし、いつぞや小笠原屋敷の……」

「へえ。その節はお世話になりました。大捕物にならずに、残念でおましたな」

苦々しい顔になった御所水は、

「あの時、『咲花堂』の主人とは聞いてなかったがな」

「言いましたが、なんや混乱してて、近衛様までおでましになって、大変どした」

「――まあ、いい……その時の話とは違うのだがな……」

要件は、田崎が預けている粟田口国安を渡して貰いたいということだった。事情が分からぬ綸太郎は、理由を訊いたが、御所水はただ渡せの一点張りである。

「人様から預かったものを、はいそうですかと渡す者はおりませんやろ。そりゃ、御所水さんのことは存じてますが、せめて訳を聞かせて下さいまし」

綸太郎が丁寧に返すと、御所水は昨夜のことを伝えてから、

「その刀が凶器であるかもしれぬのだ。目明かし殺しの証拠になるゆえ、渡してくれと言うておるのだ」

「いや、これは驚きました」

田崎は、天山丸と祇園に繰り出したから、てっきり『喜久茂』に泊まったのであろうと思い込んでいた。そういう事情なら、ゆうべのうちに奉行所へ出向いたのにと、綸太郎は話した。

「さては叔父上、飲み過ぎて正体不明になったのかな」

「では、刀を預かろう」

「私の見立てでは、人を斬った跡などまったくありまへん。あの田崎さんが人を斬ったというのも信じられませんが、粟田口国安が凶器ではないことは断言できます」

「それはこっちで調べる」

語気を強める御所水に、綸太郎の目つきもわずかに険《けわ》しくなった。

「奉行所の誰が調べるというのです」

「それは……」

「西でも東でも、ふつうの刀で事件が起きたときでも、必ずうちに凶器かどうか、刃こぼれの状態などを鑑定しにきてくれますな。なんで、今回はそちらで調べるのです」

「特殊な事案だからだ。六兵衛は目明かしといっても、元は甲賀《こうが》者で密偵として使っている。そんじょそこらのとは違う」

「それほどの腕利きなら、ますます怪しいのと違いますか。その決闘とやらも、六兵衛さんを狙うための仕掛けかもしれまへんな」

「勝手に話を膨らませるな」

「そもそも、なんで田崎さんに密偵をつけはったんです」

「余計な詮索《せんさく》はするな」

御所水はあからさまに不快な顔で、綸太郎を睨みつけた。

「なんや、御所水の旦那、いつもと違《ちご》うて苛ついてますな。世間に知られてはいけない、よほどの事件なんでしょうな」

「そう思うなら、素直に協力してくれ」

「田崎さんが斬ったかどうかは、まあ町奉行所で調べたらよろしいが、あの名刀だけは凶器とは違います……よろしい。お見せしまひょ。御所水さんもそれで納得するなら」

綸太郎が二階に上ると、店の片隅に腰掛けていた安徳坊がじっと見ているのに、御所水は気付いた。今まで目に入ってなかったので、ビクッと驚いて、

「なんだ、小僧。おまえは誰だ」

と御所水は訊いた。

「店番です。座敷童《ざしきわらし》とは違いますよ」

「雇われてるのか」

「――さっきの話ですけど、田崎さんは、何者かに狙われてました。それを頭……いえ、天山丸さんが助けたんです」

「それは、ゆうべ聞いた」

「俺ね、嘘つきはすぐ分かりますのや。というか、心の中が読めまんねや……比叡山で修行してたとき、毎日毎日、掃除の他は、そんなことばかりやらされましたから」

「何の話をしているのだ」

「千日廻峰《せんにちかいほう》とか十二年籠堂ちゅう厳しい修行は、突き詰めれば、人の心の裡《うち》が見えるようになる修行ですねん。人は良きにつけ悪《あ》しきにつけ、嘘をつきまっしゃろ。不細工な人に別嬪さんと言うたり、頭の悪い人に賢い人やと誉めたり。ま、それはええか」

「……」

「悪いのは、人を窮地に陥《おとしい》れたり、金品騙し取ったり、我ひとり助かるために出鱈目なことを言ったり……これはいけまへん」

「小僧。おまえは誰に物を言うているのだ」

「御所水様でしたっけ、あなたの心の中は、あなたしか知りません。でも、不動明王様を初め、菩薩《ぼさつ》様も如来《にょらい》様もみんな見抜いてまっせ。だって、俺でも分かるくらいやもん」

微動だにしない目で見つめる安徳坊から、思わず御所水は目を逸らした。

「でも、『咲花堂』の若旦那さんは、さすが目が肥《こ》えてるから、刀剣や骨董を見るように、物事の真贋《しんがん》が分かるんでしょうな」

「……」

「俺、昨日、会ったばかりなのに、あんな透き通った湖みたいな、しかも鏡みたいに波ひとつない心の人、見たのは初めてでしたわ。だから、店番してるんです。邪気が入ってこないように」

安徳坊が真顔で言うのを、御所水は歯嚙みして振り返り、

「ガキの戯《ざ》れ言《ごと》に付き合ってる暇はないのだ。そんなに人の心の中《なか》が見えるなら、俺が考えていることを言ってみろ」

と半ばムキになって問いかけた。

「はい。あなた様は、田崎さんが持参した名刀、粟田口国安を力尽くでも持ち帰って、何処ぞの誰かに渡すつもりです。何処ぞの誰か、まで言わせますか」

「下らぬ……」

「越後高田藩からなんぼ貰《もろ》うてるのです。高田藩の京屋敷はたしか、三条白川《しらかわ》橋東に入る堀池町《ほりいけちょう》にありますよね」

「……」

「ゆうべは、その京屋敷から白川沿いに歩いて、『梅の家』まで行きましたか」

「おまえ、なんで、それを……」

言いかけて御所水は口をつぐんだ。その表情を安徳坊がじっと見つめている

と、勝手口から、彩華が入ってきた。

「町方の旦那、これは一本、小僧にやられてしまいましたねえ」

「なんだ、おまえは……」

「上条綸太郎の女房、彩華でございます。この安徳坊は、比叡山で霊力を身につけたそうですが、私には伝教《でんぎょう》大師さんの生まれ変わりに見えますわ」

そう言いながら微笑む彩華を、御所水はこれまたまじまじと見つめて、

「あれ……おまえ、たしか……」

「へえ。賊の一味に喉元を切られそうになったとき、そんな女のひとりやふたり死んだかて、どうってことないと言われました」

「えっ……どういうことだ……おまえたちは、夫婦だったのか……」

「あの後、なったんどす。命の恩人と恋の道連れになったんですわ」

彩華は値踏みするような目で、御所水を見つめて、

「安徳坊が言うとおり、うちで預かってる刀を売り飛ばす気ですね……よろしい。渡しても構いませんから、買《こ》うてくれますか」

「なんだと……」

「百両でどないだす。粟田口なんたらちゅう、大層な名刀ですさかいな。うちも

商売ですんで、ただで差し上げるほどお人好《ひとよ》しではないんです。戴いた百両から、この刀を持ってきた田崎様にはお支払い致します」

商談に乗り出すように彩華が言うのへ、「アホなことを言うな」と二階から降りてきた綸太郎が、鞘袋を外した刀を持参した。

「これで、おます」

綸太郎は御所水の前に座ると、ゆっくりと鞘を払い、刀身を掲《かか》げて見せた。ゆうべよりも、なんとなく青みがかっている。

「どないだす。国安というよりも、次男の久国《ひさくに》のような憂《うれ》いを帯びてまへんか……昨日、初めて見たときは、見事な鏡のような透き通った刀身でしたから、湿気に触れると少し、このようにほんのりと、淡く澄みわたった青空のようになるんです」

「あ、そうなのか……」

さしもの御所水も吸い寄せられるように、見入っていた。

「後鳥羽上皇の〝御番鍛冶〟として、粟田口六兄弟が入ったことも、ご存じでっしゃろ……国友《くにとも》、久国、国安、国清《くにきよ》、有国《ありくに》、国綱《くにつな》……それぞれ、父親の粟田口国《くに》家《いえ》の魂と匠《たくみ》の技を引き継ぎながらも、藍《あい》より出《い》でて藍より青し……しかも、六人の兄弟が揃いも揃って……私は中でも久国が好きなのですが、まあ数も少ないですし、欲しがる人が多いです」

「……」

「でも、切れ味は国安や〝鬼丸国綱〟の国綱には敵《かな》いまへんやろ。しかし、この国安は、太田道灌《おおたどうかん》が江戸の神社に寄贈した久国の気品には到底《とうてい》、及びまへん」

「そうなのか……」

「刀は突き詰めていけば、品格です。品格とは自律です。刀自身が己を律して、そこに在《あ》るんです。だからこそ、武士の魂と呼ばれるのと違いますやろか。御所水さんには、どう映りますか。自分の心が、この身幅の中に見えますでしょ」

凛《りん》とした口ぶりで話す綸太郎に、御所水は気押《けお》されたが、自分を奮《ふる》い立たせるようにじっと見つめて、

「うむ……たしかに身が引き締まる思いがする……」

「へえ。粟田口といえば、すぐそこの東山です……殺気だってる三条宗近《むねちか》や五条国永《くになが》とはまた違う、東山らしい気品がありまっしゃろ。そうは思いまへんか」

東山といっても場所のことではなく、足利将軍八代目の義政《よしまさ》が建立《こんりゅう》した銀閣《ぎんかく》が象徴する東山文化のことだ。禅宗の影響を受けて、質素で洗練されたもので、

三代将軍義満《よしみつ》による金閣《きんかく》のような華やかな公家様式とは違って、庶民に親しまれていた。

栗田口とは、三条通を東に向かって鴨川を渡り、山科《やましな》を経《へ》て大津《おおつ》に向かう街道沿いにある。古来、この辺りは京の入り口に当たる要衝《ようしょう》で、関所も置かれており、処刑場もあった場所だ。いつしか鍛冶の一団が居住していた。三条宗近も初めは、この粟田口で修業していたと言われている。

「見事だ……私にも持たせてくれぬか」

御所水が嘆願《たんがん》するように言うと、倫太郎はどうぞと渡した。神妙な面持ちで受け取った御所水は刀を立てて、しみじみと眺めた。

「まこと。吸い込まれそうだ」

息を止めて、ひとしきり味わってから、「鞘を」と御所水が手を差し出すと、しぜんに倫太郎は鞘を渡した。刀をゆっくりと納刀し、ふうっと溜息をついて、

「これは、預かって帰る」

と背を向けた。

「ちょっと、御所水さん。それは困ります」

「固いことを言うな。返さぬとは言ってない。預かるだけだ」

「そやかて、鞘袋をつけないと、傷《いた》んでしまいます」

「大丈夫だ。丁寧に扱うゆえな。心配なら後で、東町奉行所まで届けてくれ」

勝手なことを言うと、さっさと店から退散した。追って出た綸太郎は、足早に去る御所水の背中を見ながら、

「御所水さん。勘弁しておくなはれ」

と声をかけたが、御所水の足はしだいに駆け足になっていった。

「旦さん。私、尾《つ》けてみます」

彩華が慌てて飛び出して行こうとしたが、綸太郎はその肩を摑んだ。

「それには及びまへん」

「でも……」

「大丈夫や。おまえが心配することやない。それより、安徳坊……わざと俺に聞こえるように、話してたやろ。警戒させるために。それとも、御所水さんにあんなことを言うてたが、ほんまに霊力があるのか」

キョトンとした目で、安徳坊は見上げて、

「あはは。若旦那には敵わんなあ」

「そりゃ、こっちの科白《せりふ》や。御所水さんの心の中を読み、刀の持って行き先まで

……なんで分かるのや」

「比叡山で修行したからです。えへへ」

舌を出してくすりと笑う安徳坊を見て、なるほどと綸太郎は頷いた。

「ほんま、おもろい小僧やな」

綸太郎はそうは言ったものの、一抹《いちまつ》の不安を覚えていた。その綸太郎の心の中も見極めようとするかのように、安徳坊はじっと見つめていた。

五

立派な長屋門の越後高田藩の京屋敷は、祇園近くの白川沿いにあった。『咲花堂』から一目散《いちもくさん》に駆けてきた御所水は、玄関にて本多主水亮《ほんだもんどのすけ》という留守居役に刀を手渡すと、すぐに立ち去ろうとした。

「これ、御所水殿。ご苦労でしたな」

威厳と風格があるが物腰が柔らかい本多は、御所水を引き止めようとした。だが、御所水は悪いことをして見つかった子供のように苦笑いで、

「いえ、ちょっとまだ用がありますもので。でも、間違いありません。たった

今、上条綸太郎から、この手で受け取ったものです」

「ええ、ええ。持っただけで名刀だと分かります」

本多は鞘を払って見上げるように眺めると、口を結んで頷き、

「まこと見事な一振り……粟田口らしい輝き……我が藩に相応しい逸品でござる」

と感嘆《かんたん》の溜息をついて鞘に納め、傍《かたわ》らに控えている家臣の猪俣《いのまた》に目配せした。

すぐさま用意していた紙に包んだ小判を渡そうとしたが、御所水は手を振って断った。

「滅相《めっそう》もございませぬ。正当な持ち主に返すという御用の一環でございますれば、お心遣いは無用でございます。これにて御免」

理屈はこねたものの、御所水はやはり疚《やま》しいことをした思いで胸が痛むのか、逃げるように立ち去った。

見送った本多は眉間《みけん》に皺を寄せ、

「ここでは鳥羽藩の者の目もあろう。直《ただ》ちに江戸上屋敷に……警固を充分にして、決して奪い返されることのないようにな」

と命じた。

直ちに、猪俣は数人の家来を引き連れ、粟田口国安を別の刀の鞘袋に包み、さらに桐箱に入れて駕籠《かご》で運ぶこととした。大袈裟かもしれぬが、御神刀や名器である茶壺などは、厳重に扱うものだ。

一行は、この刀が作られた粟田口を経て、東海道へと向かった。

その日のうちに、日岡峠《ひおかとうげ》を下って山科に入ると、奴茶屋《やっこぢゃや》に立ち寄りもせず大津追分《おいわけ》の方を目指す。小野篁《おののたかむら》が作ったという山科地蔵は、東海道の守り神とされている。拝みもせず通り過ぎ、さらに四宮川《しのみやがわ》を渡り、三井寺観音堂《みいでらかんのんどう》へ向かう小関《こぜき》越えの分岐《ぶんき》に来た辺りで、日が傾いてきた。

薄暗くなった山道が続く。すると、行く手を阻《はば》むように盗賊の一団が立った。全員、不気味な鬼や夜叉《やしゃ》、狐、獅子《しし》や翁《おきな》などの能面を被《かぶ》っており、手には九尺の長槍、来国俊《らいくにとし》を思わせる太刀と腰刀を差している。中には鉄砲を構えている者もおり、総勢五十人程の集団である。

越後高田藩一行は駕籠舁《か》きを含めて、八人しかいない。先頭を歩いていた猪俣は、息を呑《の》んで立ち止まった。

「我らは、将軍家ゆかりの越後高田藩の者である。野盗山賊の類ならば、成敗致す」

虚勢を張ったが、先頭の大柄な鬼面が問答無用とばかりに、長槍を突き出してきた。その速さと鋭さは、一挙に二、三人の体を突き抜けるかと思える凄さだった。

「うわっ――」

腰砕けになった猪俣の喉元に、鬼面が槍の穂先を向けると、数人が素早く取り囲んだ。他の者たちも「がおう、がおう」と獣が吠えるように叫びながら、早く殺せとばかりに囃《はや》し立てる。

駕籠昇きは刀の入った箱を落として、来た道を駆け戻った。藩士たちも抜刀して抗《あらが》おうとしたが、ダダンという発砲音を聞くと、やはりその場から離れて逃れた。

鬼面は槍の穂先を、猪俣の心の臓の真上に突きつけた。猪俣は懐《ふところ》から、巾《きん》着袋《ちゃくぶくろ》を投げ捨てながら訴えた。

「わ、分かった……金ならある。だ、だが、その刀だけは許してくれ……大事な家宝なのだ……た、頼む」

だが、鬼面はさらに穂先をねじ込むように猪俣の胸をチクリと突いた。思わず仰《の》け反《ぞ》って仰向《あおむ》けに倒れた猪俣は、這《は》うように逃げ出そうとした。その尻を鬼面は槍の穂先で軽く押しやった。

「ひ、ひええ……あたたッ」

猪俣は必死に叫びながら、一目散に他の家臣たちとともに逃げ出したのであった。

すぐさま鬼面の後ろから、狐面が近づいてきて巾着を拾い上げた。

「さあさあ、皆の衆。ご苦労さんでした」

巾着から三両ばかり取り上げると、残りは他の者たちで分けろと渡した。わっと集まった野盗たちは、それぞれが面を放り出して、巾着から金を奪い合うように取った。

「慌てるな。さすがは大藩だ。ざっと百両はあるぞ。今日は良い日だなあ」

狐面を取ると――その下から現れた顔は、寛平だった。そして、鬼面を外すと、天山丸だったのである。

「いや、皆の衆、ご苦労、ご苦労。これはさっきの奴がくれたのだから、遠慮なく貰っておけ。だが、明日からまた野良仕事に精を出すのだぞ。困ったことがあったら、いつでも俺の所にこい。いや、皆の衆の野盗のお芝居、見事だった、見事だった」

馴染みの百姓衆を雇っていたのである。大笑いする天山丸は満足そうに、駕籠に残された桐箱を開けて見た。

「――おや……」

鞘袋を開けた天山丸は、綸太郎に渡した粟田口国安ではないと一目で分かった。

「あのやろう。偽物を渡しやがったな」

「偽物……」

寛平が訊き返すと、天山丸は苦々しい顔になって、

「いや、粟田口派の造作したものに違いはないが、国安ではない。これもなかなかの一物だが……一杯、食わせたつもりだが、それは越後高田藩や御所水の方だったようだな」

「もしかしたら、頭……綸太郎さんは、頭がこれを取り返してくれるのまで、お見通しだったのかもしれまへんで」

「うむ。奴の考えそうなこった……してやられたな。ガハハ」

「何がおもろいんでっか」

「いいではないか。みんな思いがけず、小遣いにしては大金が手に入ったのだか

らな。アハハ、こりゃ愉快」

「冗談じゃあらしまへんで……その粟田口国安とやらをいただいて、綸太郎さんに買い戻して貰おうと思うてましたのに」

「だったら、これを持って行け。これとて、かなりの値打ちだからな」

天山丸は事もなげに、手にしていた刀を寛平に渡した。

その頃――。

京都東町奉行所から、田崎が解き放たれていた。門外まで見送りに出た御所水は、

「申し訳なかった。よくよく調べてみると、六兵衛は、おぬしの言うとおり、その場で争っていた者たちの煽《あお》りを食って殺されたようだった」

と頭を下げた。

「言いがかりをつけて、奉行所に連れてきたかっただけか」

まったく得心できぬ田崎だが、これ以上関わるのは御免とばかりに立ち去ろうとして、振り返った。

「ひとつだけ訊いておきたい。何故、目明かしの六兵衛とやらに、私を尾けさせていたのだ」

「それは……」

「もしかしたら、初めから越後高田藩に頼まれていたのではないのか。私は渡世人風にも狙われた。あの刀を奪うためだったのであろう。そこまでして欲しがるとは、他にもっと大きな理由があるのではないか」

「拙者《せっしゃ》には分かりませぬ」

「分からぬもののために、罪をでっち上げてまで、かようなことを……まあよい。武士の刀は飾り物ではない。もし我が殿に何か危害が及ぶようなことがあれば、おぬしも同罪だ。必ず……」

田崎は刀の鯉口《こいぐち》を切ると、わずかに刀身を抜く真似をして、鞘にパチンと戻した。

「仇討《あだう》ち致す」

恫喝《どうかつ》するような目で見て立ち去った田崎の顔は、情けない若武者ではなかった。

すぐに『咲花堂』に戻った田崎は、藩の守り刀が無事であることを知った。綸太郎は済んだことゆえ、余計なことは言わなかったが、田崎は気になることがあるから、改めて相談に乗ってくれと頼んだ。

二階の部屋に上がると、田崎は改めて粟田口国安を愛《いと》おしそうに手にした。

「刀の茎《なかご》をきちんと調べてみましたが、ちゃんと菊の紋がありました。しかも花びらが十二枚なんです」

「十二枚……十六枚ではないのですか」

「その頃のは、技が難しかったのか、理由は分かりませんが、十二枚なんです」

「えっ。そうなのですか」

「後鳥羽上皇の作と偽って、後の世に作られた贋作には、十六枚のがあります。もっとも、その後の帝に上奏された御佩刀《みはかし》は、十六枚の菊の紋が刻まれてますよ。この粟田口国安は、上皇が焼き入れなされた〝菊御作《きくごさく》〟に間違いおへん」

「上皇の御手打ちの太刀なんですね」

「そうどす……で、相談というのはなんですか」

「はい。実は……」

田崎はきちんと綸太郎に向き直って、神妙な面差しになった。

「この刀は、越後高田藩の藩祖である松平忠輝様の怨霊《おんりょう》が憑《つ》いているのです」

「怨霊……」

「ですから、私の主君、鳥羽藩主・稲垣長続様は、そのような妖刀を、兄である高田藩主の榊原政敦様にお渡しすることを、逡巡《しゅんじゅん》しているのでございます。この妖刀がもとで、御家が呪われたり、お取り潰しになるようなことを、恐れているのです」

真剣なまなざしで田崎が言うのを、綸太郎は無下《むげ》に法螺《ほら》話として突き放すことはできなかった。妖刀は単なる伝説ではなく、

――持つ人の魂が吸い込まれて留まる。

ということは、古来、よくあるからである。

伝説とか迷信で片付けられれば、それでよいのだが、事実、妖刀と恐れられる刀によって人が斬殺されたこともある。なにより、綸太郎自身、刀には人の怨念《おんねん》や魂が宿ることを信じている。

「殿は、兄上の御身《おんみ》を案じているのです」

「だから、刀を渡したくないと、思ったのですな」

「はい。ところが、政敦様の方は、『長続は、返したくないから、妖刀などと出鱈目を言うておるのであろう』と疑っているのでございます。ですから……綸太郎さんには、除霊をして戴きたく存じます」

「除霊を、な……」

「政敦様に危害が及ばず、高田藩も安泰であり続けるならば、長続様は喜んで返納するつもりでございます」

「なんと、兄思いの殿様だ」

　綸太郎は事情をおもんぱかって、なんとかしたいと思った。

「ですが、私はただの刀剣目利きであり、陰陽師《おんみょうじ》のような霊力は持ち合わせておりません。はてさて……」

　困った顔になったとき、彩華がひょっこりと顔を出した。

「なんなら、私が除霊しましょうか」

　当たり前のように言う彩華に、綸太郎は冗談と受け止めて、

「これ、また立ち聞きですか。なんぼ女房でも仕事のことには口出し……」

「します。元取らんとあかんしな」

　冗談めいて言いながらも、彩華は真剣なまなざしになって、安徳坊を部屋に招き入れて、ちゃんと話をしてみなさいと言った。

「初めて、竹林で見かけたときから、なんやおかしいなあと思ってたのや。なんというか、ビリビリと体が痺《しび》れるというか、頭の芯が痛くなってたんですわ」

　部屋に入ってきた安徳坊は、粟田口国安の前に立って目を閉じ、手をかざし

た。

「適当なことを言うな」

綸太郎が責めるように言った。

「おまえに頼むくらいなら……あ、そや。やはり嵯峨野の慈円《じえん》様に頼んでみるかな」

「誰ですのん、それ」

彩華が訊くと、綸太郎は安徳坊を見て、

「比叡山ではおまえの大先輩にあたり、何百倍も霊力がある禅僧だ。どうだ、物見遊山ついでに、会《お》うてみるか」

安徳坊に向かって綸太郎が誘うと、田崎の方が身を乗り出して、ぜひお願いしたいと何度も頭を下げるのであった。

六

京は西の外れ、小倉山《おぐらやま》の東、愛宕山麓《あたごさんろく》の南に囲まれた辺りは、大覚寺《だいかくじ》の境内であった。桂川《かつらがわ》や渡月橋、その向こうの嵐山《あらしやま》なども、大覚寺の所領地だから、雑《ぞう》木林《きばやし》や竹林などは綺麗に剪定《せんてい》されている。嵯峨野一帯は、巨大な庭園といってもよかった。

吉田神社下の『咲花堂』からは、洛中を通り抜け、遥か洛外《らくがい》に来たわけだ。途中、御所や二条城の近くを通ったが、安徳坊は改めて、京の都は商業や職人の町だなと感じた。

商都といえば大坂だが、やはり京には公家はもとより、幕府の役人、諸国からの武家、商人たちが碁盤《ごばん》状の整頓《せいとん》された町に、凝縮《ぎょうしゅく》するように暮らしている。京には、大坂、丹波、大津から様々な物資が、川船や牛車《うしぐるま》によって集積してくる。

洛中には、西陣や室町の織物屋をはじめ、染屋、呉服屋、薬屋、武具屋、工芸品屋、雑貨屋、食料品屋が建ち並んでいる。それらの大店《おおだな》に対応するように、金襴《きんらん》、唐織《からおり》、絹縮《きぬちぢみ》や織帯《おりおび》から染屋、さらに鞍鐙《あんとう》、鍔、具足《ぐそく》、槍薙刀《なぎなた》、扇子、茶道具、紙、障子《しょうじ》、屏風《びょうぶ》、表具、茶葉や菓子などの数々の職人の工房が所狭しとある。いずれの町も人々の活気に満ちており、さすが諸国の名産のほとんどが、京で生まれているという誇りと賑わいがあった。

だが、洛外に行くにつれ、喧騒が遠のき寂しくなっていく代わりに、古より歌に詠まれる風光明媚《ふうこうめいび》な情景が広がってくる。まだ道沿いや山肌を埋めるような桜が咲いているから、よけいに溜息が出るような美しさに酔いしれることができた。

山川草木《さんせんそうもく》に被われた嵯峨野一帯は、もちろん嵯峨天皇の遊猟地であり、別邸である嵯峨院があったから、この地名がある。その美しさは、清少納言《せいしょうなごん》も『枕草子《まくらのそうし》』で触れており、多くの文人墨客《ぶんじんぼっかく》が嘆息《たんそく》した地だ。

しかし、大覚寺や天龍寺《てんりゅうじ》を中心とした、寺が百五十もある仏閣ばかりの広大な地域で、洛中とは違った意味で栄えていた。僧侶やその世話をする人々、さらに物資で支える商人や職人など数万人が暮らす〝仏教都市〟でもあったのだ。よって女人《にょにん》禁制の寺や区域が多い反面、精進落《しょうじんお》としの遊興場も数多くあり、それを目当てに洛中から来る者もいた。

小倉山の西麓と南麓は桂川が流れているが、その東麓は嵯峨野の竹林の一角に、東因坊《とういんぼう》慈円の庵《いおり》があった。藤原定家《さだいえ》がここの山荘で選んだ百人一首を気取るわけではないが、慈円は近在の子供らを集めて、〝和歌塾〟なるものを開いていた。子供らには、説教よりも歌を詠じさせる方が、楽しいからである。

だが、今日も、訪問客は誰もいそうになかった。

「ご機嫌麗《うるわ》しゅう存じます」

綸太郎が声をかけたとき、慈円は縁側に座って、まだ明るい空に浮かぶ淡月を見上げていた。ふと気配に気づいたのか、慈円が「誰だ」という顔で振り向いた。いつもの茶人風の隠居姿だ。

雑木林も含めて三百坪《つぼ》ほどの隠遁所《いんとんじょ》だが、ほとんどが山の斜面だから、東屋造の屋敷は窮屈そうに建っている。小さな池があり、見渡せる山や竹林を借景にした、綺麗寂びの遠州《えんしゅう》流の庭である。

「綸太郎です。分かりまへんか」

「ええと……」

首を傾げる慈円は、名前どおり慈悲《じひ》深そうで、しかも丸い顔をしている。年齢不詳だが、とうに古稀《こき》は過ぎているはずだ。顔が丸いせいか、皺が少ないから若く見える。

「刀剣目利き『咲花堂』の上条綸太郎です。お忘れですか……といっても、先月も訪ねてきましたけれど。茶を戴きに」

「さよう。儂《わし》は坊主でありながら、茶道は千家ではなく、武家の遠州流を嗜《たしな》んでおる。なぜならば、裏も表もない人間だからじゃ」

慈円が真顔で言うと、安徳坊がプッと笑って、「上手《うま》い」と手を叩いた。

「小僧。まだ茶を出しておらぬぞ。ええと……ああ、思い出した。綸太郎か。いやいや、いつもいつも済まぬのう。今日は、何処の菓子を持参してくれた」

両手を出して土産を要求する慈円は、愛想良く微笑んだ。綸太郎は当然のように、縁台に菓子包みを置いて、

「二条亀松《にじょうかめまつ》の羊羹《ようかん》でございます。羊羹ならば、歯が悪くても噛めますし、餅のように喉に詰まることもないでしょうから」

と微笑むと、慈円は両手を合わせて、

「噛めます、噛めます」

「亀松です。ええ、二条城近くの」

「茶の湯に菓子は欠かせぬ。花鳥風月をかたどった美しい練り切りもよいが、儂は羊羹、大好きじゃてな。奈良のなんたらちゅう豪商の『松屋会記《まつやかいき》』にも記されておる」

言いながら慈円は包みを開けて、いきなり棒状の羊羹にかぶりついた。啞然《あぜん》と見ている安徳坊の視線が気になってか、半分に折ると手渡しながら、

「坊主。いい面構えをしておる。名はなんという」

「安徳坊といいます。比叡山の安徳坊で修行しておりましたが、追い出されました」

「そうか。お釈迦《しゃか》様をして長年修行しても〝悟《さと》れぬ〟と悟ったのじゃ。時の無駄じゃったとな。だが、それに気づいただけでも、お釈迦様は偉い。おまえはその年で悟ったか。偉い、偉い」

羊羹を平らげている慈円の顔を見て、田崎は一抹の不安を覚えた。

「大丈夫なのですか……少し惚《ぼ》けているようですが……」

小声で綸太郎に言うと、慈円はジロリと睨み返して、

「人の声は風に乗る。ゆえに風聞という。風聞は正しからざる事多し。気をつけた方がよろしいぞ、そこな若侍」

と羊羹を嚙みながら言った。

「あ、いえ、決してそんなことは……」

田崎が申し訳なさそうに頭を下げると、綸太郎はいつものことだから気にすることはないと言った。すると、安徳坊が興味津々という顔で、慈円に近づいて、

「慈円さんて、あの摂政関白《せっしょうかんぱく》の子として生まれた慈円さんと同じ名前ですか、比叡山で修行して、そのお兄さんの九条兼実《かねざね》様とすごく出世した、あの何度も延《えん》

暦寺《りやくじ》の天台座主になった慈円様と一緒ですか」

「さよう。儂は生まれ変わりじゃ。無動寺《むどうじ》での千日入堂は厳しかったわい。丁度、法然《ほうねん》が専修念仏を唱えた頃かのう。どんなことがあっても千日間、山を下りられぬのじゃからな。来る日も来る日も、仏像に花を供えて、閼伽《あか》を汲んで経《きょう》文三昧《もんざんまい》じゃ。腰は痛いし、足は痺れる。本当に疲れたわい」

法螺話だと分かってはいても、飄々《ひょうひょう》としている目の前の禅僧を見ていると、安徳坊は六百数十年の時を飛んできたかのように思えるから不思議だった。

「俺も、千日廻峰や十二年籠山をしました」

「小僧。法螺はよいが、嘘はいかぬ」

「赤ん坊のとき比叡山に棄《す》てられてましたから、ほんまのことですわ。それより、慈円さんは生まれ変わって何年になるのです」

「かれこれ二百年かのう」

当たり前のように慈円は答えて、二本目の羊羹に手を伸ばした。

「あの頃、詠んだ歌が『百人一首』に入っとるぞ——おほけなく、うき世の民におほふ哉《かな》、わが立つ杣《そま》にすみ染の袖……まあ、身の程もわきまえずに、世間万人の平穏無事を祈るということじゃが、ちと謙遜《けんそん》のし過ぎかのう。ウハハハ」

「ですよね。だって、天台座主になった高僧ですものね」

「うむ。儂のように隠遁という道なんぞは選ばなかった。『拾玉集《しゅうぎょくしゅう》』を読んだことがあるか。慈円は、六千首も歌を詠んでおるのだ。生まれ変わりの儂は、まだ六百にも届いておらぬ。それに儂が書いた『愚管抄《ぐかんしょう》』……比叡山で修行したのなら、当然、読んでおろう」

「はい。たしか、承久《じょうきゅう》の乱の直前、朝廷と鎌倉幕府の仲が悪くなった頃のことですよね。歴代天皇の流れを踏まえながら、武士の時代へ変わる必然性と、末法《まっぽう》思想の無常を説《と》いたものです」

「ほほほ。よう学問もしておるのう、小僧。まあ藤原一族内でも色々と揉めてのう。昔から、親戚同士は仲が悪いもんじゃ。だから、おまえのように、初めから肉親がおらぬ方が、幸せじゃぞ。お釈迦様だって、親族から離れて修行に出たんじゃからのう」

「そう言われても……親の顔くらい見てみたいです」

「ならば、頑張って探すがよい」

キッパリと安徳坊に言ってから、慈円は田崎を振り向いた。

「食うか……」

鬹《かじ》りかけの羊羹を差し出したが、田崎はどうしてよいか迷った。

「いらぬのなら、ぜんぶ儂が食べる」

慈円は口に押し込んで、またもぐもぐと嚙みながら、

「儂は、あの頃、後鳥羽上皇に『きちんと時代の流れを見極めよ』と忠告してやったのに、あいつは戦をしかけおった」

「帝をあいつ呼ばわりしてよろしいのですか」

田崎はわずかに尻込みした。

「何百年も昔の話じゃて……もう帝を中心とした政事《まつりごと》は難しくなっておったのに、後鳥羽上皇は文武両道に秀《ひい》でておったから、無謀にも、時の執権《しっけん》・北条義時《よしとき》追討《ついとう》の〝院宣《いんぜん》〟を出して、幕府を倒そうとしたのじゃ」

たしかに、多芸多才で知られる後鳥羽上皇だった。和歌、書画、蹴鞠《けまり》、音曲《おんぎょく》、舞楽、さらに相撲《すもう》、笠懸《かさがけ》、水練など何にでも秀でており、家業としたほどだ。しかも、わずか十九歳のときに、息子の土御門《つちみかど》に天皇の座を譲って、自分は諸芸を磨くことに専念したのだった。

「考えようによっては、能天気な道楽者よのう。なのに真剣に、幕府に戦をしかけた。無謀じゃったわい。儂の助言を聞かぬから、隠岐《おき》の島に流されたのじゃ

……ま、たしかに荘園《しょうえん》から金が入らなくなったのは、辛いがのう。儂も無一文じゃ」

しょぼくれたように慈円は俯いたが、俄に田崎を見て手を出し、

「儂になんぼか、金をくれ」

「え……」

「その刀は、まさしく後鳥羽上皇の〝菊御作〟であろう。しかも妖気が漂っておる。その除霊に参ったのならば、それなりの報酬も頂かないとな」

「……」

「当たり前であろう。物凄い悪鬼が潜んでおる。拙僧も命がけでやるからには、それなりの金がいる。よろしいかな」

まだ何も言っていないのに、綸太郎も田崎も驚いた。安徳坊も吃驚して目を見開いている。それぞれの顔を見ながら、慈円はガハハと大笑いをして、

「――桜花、咲きにし日より小倉山、空もひとつにかほる白雪……」

と詠じた。

まるで自分が作ったように唱えたが、綸太郎はすぐに、

「それって、藤原定家の歌じゃないですか。たしか、かの西行《さいぎょう》が亡くなった年

に」

「バレたか。だが、この小倉山の山荘で詠んだのに、なぜ吉野山《よしのやま》のことを……西行に思いを馳《は》せるなら、吉野山なんだろうが、儂は納得できぬ」

「……慈円様。それより、ご推察のとおり、この〝菊御作〟、お預け致しますから、どうか除霊して下さいませ」

綸太郎が頼むと、田崎がそっと近づいて、慈円に手渡した。

「おお……相当、重いのう……重い」

かなり悪霊が溜まり込んでいるとでも言いたげに、慈円の丸い顔に皺が広がった。

七

翌日、綸太郎は、越後高田藩の京屋敷に来ていた。

丸一晩、護摩《ごま》を焚き、除霊の儀式を執《と》りおこなった慈円から受け取った粟田口国安を持参したのだ。田崎も一緒である。

留守居役の本多主水亮は、バツが悪そうに俯き加減であったが、田崎に刀を差し出されて、意外な目を向けた。

持った感じが、先日のものとは明らかに違ったからである。

本多は慌てたように鞘袋を外して、刀身をゆっくりと抜いて、下から上へと圧倒されるような目で眺めた。

綸太郎が横合いから口を挟んだ。

「この前のものとは、同じ粟田口派でも物が違いましょう」

「う、うむ……」

「野盗に奪われなくて、よかったですね」

唐突な綸太郎の言葉に、本多が決まり悪そうに瞬《まばた》きをした。が、綸太郎はそれ以上は、何も言わなかった。

本多とは、田崎も綸太郎も面識はなかった。田崎は此度の一連のことを話してから、

「どうか、越後高田藩のお殿様に、お渡し下さいませ」

と丁寧に頼んだ。

「――どういう風の吹き廻しかな」

訝《いぶか》しむ本多に、田崎はもう一度繰り返すかのように言った。

「この〝菊御作〟は、榊原政敦様にこそ相応しいと、我が殿、稲垣長続様は従前より、思っていたからです」

「ならば素直に渡せばよいものを……」

「万が一、贋作であれば、お渡しするのは憚《はばか》られると思い、上条綸太郎様に見立てていただくために京に参りました。ですが、妖刀の噂もあります」

田崎は本多の方に膝を進めて、少し強い口調になった。

「ですから、本物であれば、榊原政敦様に危害が及び、御家が大事になることを、我が殿はご懸念《けねん》されておりました」

「ふん……」

「事実、殿はこの刀のせいなのか、ずっと病がちでした」

「……」

「だからこそ、除霊したかった。本当に、長続様は心から、兄上であらせられる政敦様の御身を心配しております。政敦様も近頃、少し体の具合が良くないとの風聞もありましたので、妖刀を渡して災いが起こることだけは、絶対に避けたかったのです」

田崎は込み上げてくるものを抑えながら、必死に訴えた。

「政敦様と長続様は、十六も御年齢が離れております。けれど、幼き頃、毎日のように城中で遊んでくださったことを、殿はほんによく覚えておいでです」

「……」

「相撲をしても無邪気に突っかかる長続様の体を受けて、わざと転がってみせる政敦様……学問には厳しいけれど、居眠りし始めると、背負って歩いてくれた兄上……初めて鷹《たか》狩《が》りに連れていってくれて、大きな鶴を仕留めさせてくれたのも、政敦様の指南があったからこそと、私のような家来にも実に楽しそうに語られるのです……そうだったのですか」

「さあ、それは……」

よく知らぬとしか、本多は言わなかった。

「ですから、鳥羽藩との養子縁組の話があったとき、お互いに別れが辛かったとか……特に幼い殿、長続様は、兄上にしがみついて離れなかったそうです」

「……」

「私事ですが、似たようなことが子供の頃にありました。それゆえ、殿の気持ちは痛いほど分かります。離ればなれになったからこそ、遠くにいるからこそ、愛おしく感じるのでございましょう」

田崎は自分の身の上のように切々と語ると、しぜんと瞼《まぶた》が熱くなったのか、軽く指先で浮かんだ涙を拭った。

「たしかに殿は言葉足らずだったかもしれません……かような事態になるのであれば、素直にお渡ししてもよかったかも……されど、松平忠長《ただよし》卿がこの名刀により、〝物狂い〟となったとの話を、作り話や噂話として片付けることはできなかったのです」

じっと聞いていた本多の表情も、神妙になってきた。目にうっすらと光るものさえ滲《にじ》んで、睫《まつげ》を濡らしている。

「でも、もう安心です……こうして、天台宗の慈円僧正《そうじよう》によって除霊ができました」

「慈円……」

「そうです。むろん、後鳥羽上皇と交流のあった天台座主の慈円大僧正とは違います。何十年も比叡山で修行を重ねた後、今は嵯峨野に庵を編んでおられる御仁で、綸太郎さんの心の師匠でもあります」

「そのような御方が……」

ちらりと綸太郎を見た本多の目には、なぜか疑いがなかった。

「世話になった……」

本多が声をかけると、綸太郎は深々と頭を下げてから、

「弟君のお気持ち、分かって下さったでしょうか……別れがたいほど仲がよろしかったふたりの心を乱すほど、疑心暗鬼に駆られるくらい、邪気のある刀は恐ろしいのです」

「邪気……」

「はい。しかし、本当に怖いのは、鬼夜叉の類ではなく、刀に吸い込まれた人の欲や妬《ねた》みなどの醜《みにく》い心です……此度のご兄弟の心の擦れ違いも、兄上の名刀欲しさによる欲が為《な》せる業《わざ》だったのではありますまいか」

綸太郎が食い入るように本多を凝視《ぎょうし》した。その澄んだ瞳に、本多はわずかに目を逸らしたが、再び綸太郎を見つめ、

「そうかもしれぬな……苦労をかけた」

「刀の邪気が抜けて、お殿様も気持ちが軽くなったのではありませぬか。慈円様もかなり刀が重いと言っておいででした。私は天山丸の力が衰《おとろ》えただけだと思いますが」

冗談半分に言った綸太郎に、本多は微かに笑みを洩らした。

「長続様がそれこそ命に代えてまで、あなた様に尽くそうとした気持ち……篤《とく》と分かってあげて下さいまし」

綸太郎が願うようにまた頭を下げると、本多も田崎も「えっ」と意外な顔になった。

「あなた様に尽くすとは……どういうことですか、綸太郎さん」

田崎が訊くと、綸太郎は微笑んで、

「言わぬが花かと思いましたが、私たちの目の前にいる本多主水亮様は……高田藩主の榊原政敦公……そうでございましょう」

と、さらに見つめた。

じっと綸太郎の瞳を覗《のぞ》くように見ていた本多の顔には、さらに笑みが広がり、

「これは参った……ふはは……さすがは上条綸太郎殿。噂に違《たが》わず、鋭い真贋の目を持っておるな……あはは」

「いいえ。いつぞや、大茶会で、留守居役の本多様を、お見かけしたことがありましたもので」

それも綸太郎得意のお惚《とぼ》けかもしれぬ。だが、本多は——いや、榊原政敦は愉快そうに大笑いをした。田崎の方は、とんだ失礼をしたと、平伏するのだった。

「よいよい、田崎。こっちが悪かったのだ。そんなふうにするな」

「知らぬこととはいえ、も、申し訳ございませぬ」

「いやいや、おぬしの長続に対する忠臣ぶりもよう分かった。長続は果報者よのう」

「と、とんでもございませぬ」

恐縮しきりの田崎だが、政敦は憑《つ》きものが落ちたかのように、別人の顔になって、

「だが、綸太郎殿……余が密かに上洛していたことは内密に頼むぞ。もし、ご公儀に知れたら、それこそ厄介だ」

「決して……」

綸太郎が首を横に振ると、政敦は改めて〝菊御作〟を手にして、

「おぬしの言うとおり、余の心は真っ黒に曇《くも》っておった……だから、居ても立ってもおられず、志摩の鳥羽城に自ら乗り込んででも、弟から奪い取るつもりで、京まで来ておったのだ……愚かなことだ」

「……」

「だが、目が覚めた……改めて礼を言うぞ、綸太郎殿……この名刀は、やはり長

続が持っていた方がよいかもしれぬな」

政敦が青光りする刀身を眩《まぶ》しそうに眺めていると、綸太郎は声をかけた。

「いいえ。高田藩当主が持つべきものと存じます。それを心から、長続様も望んでおいでです。私はそう思います」

「そうかのう……」

「はい。京からなら、宇治の木津川を大坂に下って、浪速湊《なにわみなと》から船でも、伊勢街道を歩いていっても、志摩鳥羽までさほど苦労はありませぬ。隠密行ついでに、長続様をお見舞いするというのも酔狂《すいきよう》かもしれませんよ」

「おお、それはよい。それはよいのう……余も長続の顔を見とうなった」

政敦は妙案だとばかりに大きく頷き、すっかりその気になった。それならば、案内は任せてくれと田崎は思わず胸を叩いた。

刀剣の輝きが変わっただけで、人の気持ちの色も違うものになった。

鳥羽に向かう一行には、天山丸と寛平も加わった。本阿弥家から護衛役が付くことを、政敦も喜んだからである。刀を奪った野盗の頭のふりをしていたことは、知る由《よし》もない。もっとも、天山丸の目的は、〝乾虎坤龍〟を探すためでもある。此度の粟田口国安とは別物だと分かったからだ。

安徳坊は『咲花堂』の店番として残っていた。店の奥に置いてある粟田口国安の〝押形《おしがた》〟を、彩華と一緒にしみじみと眺めている。政敦に頼んで、綸太郎が描いたものだ。

「――やはり、茎《なかご》に菊紋のある太刀は、品性や風格が違いますなあ……」

茎とは、刀身の柄に被われる部分で、柄の中に込めるという意味から命名された。〝中心〟と書くこともある。刀の作者がそこに銘を切るのは、あえて人目に触れぬ所に残すという、奥ゆかしい習わしである。

「ほう……彩華に刀のことが分かるのか」

綸太郎がからかうように言うと、彩華は微笑みながら、

「そりゃもう、旦さんの妻やさかい……でも、気をつけておきます。寺も刀も、女人禁制とはなんや腹が立ちますが、『咲花堂』の嫁ですから、これからも見る目だけは養いとう存じます」

「大袈裟やなあ」

ふたりして笑うと、横合いから、安徳坊が感銘を受けたように頷きながら、

「俺を、綸太郎さんの内弟子にして下さい。百万遍説教を聞くより、こうして凄い物を一瞬だけでも目にする方が、仏法の真理に近づいた気がします」

「仏法の真理とは大きく出ましたな。言ってる意味が、俺の方が分からないがね」

「そうでっか。まだまだ修行が足りまへんなあ……あっ、凄い可愛い姉ちゃん」

安徳坊が表通りを指して飛び出て行くと、綸太郎も思わず追いかけようとした。すると、彩華が袖を引っ張った。

「やっぱり安徳坊が言うとおり、修行が足りまへんなあ、旦さん……あはは」

吉田神社の参道には、今日も老若男女が参拝に訪れていた。桜の時節ならではだが、その花びらも少しずつ散っている。

洛中洛外の桜の花びらは北山からの風に乗って、鴨川に吸い込まれるように舞い落ち、花筏《はないかだ》となっても、しばらくは人々の目を楽しませてくれるに違いない。

美しい春風が『咲花堂』の前にも、ゆっくりと通り過ぎた。

一枚の花びらが、飾っている刀剣にひたっと張りついて、紋様のように見えた。

第三話　仏は微笑《ほほえ》む

一

濁流《だくりゅう》が、川淵《かわぶち》の土手を徐々に崩している。

そのギリギリの所で、十歳くらいの男の子が必死に手を伸ばしている。手はしっかりと中年女の手首を握《にぎ》りしめている。

崩れかけた堤《つつみ》の端っこから転落しかかっている女は、悲痛な顔で、じっと子供を見上げている。雨に打たれながら、着物の裾《すそ》の膝《ひざ》くらいまで、すでに濁流に浸かっている。

子供はもう片方の手も伸ばして、女の腕を握ろうとした。だが、体の重みや川の流れの強さに、もはや耐えることはできない。

「離しなさい……もういいから……」

女はひ弱な声で言った。怒濤《どとう》のような川の音にかき消され、男の子には聞こえなかった。女は首を横に振りながら、

「手を離しなさい、万吉《まんきち》。あなたまで落ちちゃうから、早くッ」

と切羽《せっぱ》詰まった悲鳴のような声を上げた。

それでも万吉と呼ばれた男の子は絶対に離さないと両手で、しっかりと女の手を摑《つか》んでいた。男の子の体も、ずるずると滑って濁流に近づいてくる。

「おっ母《か》さん。諦《あきら》めちゃ駄目だ」

「いいのよ。大丈夫。あなたも落ちてしまうから。私は水練が達者だって、知ってるでしょ。さあ、離して……離しなさい！」

激しく怒鳴った女の体に、流木が迫ってきて掠《かす》めるように当たった。それでも体は激しく揺れて、万吉の力ではどうしようもない負荷がかかり、思わず両手を離してしまった。

途端、母親の姿は泥色の水の中にズボッと音を立てて沈み、そのまま見えなくなった。流木と同じ速さで流れたとしたら、あっという間に遠くに離れてしまい、轟々《ごうごう》とうねる濁水に飲まれてしまったに違いない。

「おっ母さん——！」

万吉は必死に崩れそうな堤から這《は》い上がろうとする。

そこで、いつも目が覚めた。

「おじさん。大丈夫かい、おじさん……」

眩《まぶ》しいくらいの真っ青な空が広がっている。それを遮《さえぎ》るように、子供の顔が覗《のぞ》き込んできた。安徳坊である。

「ああ……」

茫然自失《ぼうぜんじしつ》となっている初老の坊主頭《ぼうず》の男は、足先は川の流れに触れているが、背中は河原《かわら》の石の上だった。目が覚めて、しばらく「ここはどこだ」という顔をしていたが、背中が石で痛いのか、苦痛の声を洩《も》らしながら、ようやく起き上がって胡座《あぐら》を組んだ。

「誰だ、おまえは」

「おじさんこそ、誰だよ。大丈夫かい。こんな所で寝てたら、流されるじゃないか」

「ああ、流されるところだった……」

「水は少ないけど、溺《おぼ》れるときは溺れるからね。寝る場所は気をつけないと」

「母親は流された」

「え……？」

首を傾《かし》げる安徳坊を改めて見た初老の男は、

「いや。なんでもない……誰だ、おまえは」

「安徳坊。比叡山で修行をした坊主だ」

「坊主か……坊主にしちゃ、頭はふさふさだし、その作務衣《さむえ》もぶかぶかで似合わぬな。まあいい、それより儂《わし》は誰だ」

唐突《とうとつ》な問いかけに、安徳坊は頭がおかしいのかと思った。自分の体に繰り返し触れたり、遠い山を見渡したりしている男は俄《にわか》に不安そうな顔になって、

「儂って誰や……」

と安徳坊に迫るように襟元《えりもと》を摑んだ。

思わず身を引きながらも、安徳坊は丁寧《ていねい》に優しく答えた。

「ここはな、鴨川や。正しく言うと、賀茂川と高野川の合流してる所で、あそこに見える大きな朱色の鳥居が下鴨神社でっせ」

「……」

「分かりまへんか。崇神《すじん》天皇の頃からある奥ゆかしい神社で、文武《もんむ》天皇の頃にはもう〝葵祭《あおいまつり》〟の見物人が仰山《ぎょうさん》来てたらしい。『源氏物語《げんじものがたり》』や『枕草子』などにも出てくる凄い神社だから、知ってはりますやろ」

「知らん」

「ここを舞台にした能も仰山、ありますよ。能って分かります。仕舞《しまい》とか謡曲《ようきょく》とか」

男はぼうっと空を見ているだけだ。持ち物らしいものも持っておらず、河原に寝転がっていたのだから、物乞《ものご》いの類《たぐい》かなと思った。が、ここに捨て置くわけにもいかず、

「お腹、減ってまへんか？」

と声をかけると、呼応するように男の腹の虫が鳴った。

安徳坊が引っ張り上げようとすると、とっさに男は腕を払った。だが、「すまんのう」と謝って立ち上がると、安徳坊に誘われるままに、飛び石を渡って東側の土手に登った。

そこから町屋なども眺められるが、男は特に感慨もなく、ただ虫が鳴いている腹を押さえながら、安徳坊についてきた。「まだか、どこまで行くのじゃ」と文句を垂れながらも、男は歩いてくる。

通りすがる人々がふたりの姿を振り返る。小汚い着物だし、物乞い親子にでも見えるのであろう。親切に小銭を、安徳坊の袖に入れてくれる者もいた。

緩やかな神楽坂を登って、吉田神社下の『咲花堂』近くまで来ると、店の表通りに水を撒《ま》いていた彩華が、「遅かったやないの」と声をかけてきた。

「あっ……すっかり忘れとった」

長徳寺《ちょうとくじ》近くにある線香屋と菓子屋まで買い物を頼まれていたのだ。が、河原に倒れている男を見かけたせいで、用事のことは頭からすっ飛んでしまっていた。

「なんやいな……相変わらず変な子やな。で、その人は一体、どないしたのや」

「へえ、それが……」

安徳坊は見つけたときの様子を話し、もしかしたら物忘れに陥《おちい》っているのではないかと伝えた。金も持ってないようだし、お腹を空かせているようなので、連れてきたという。

「親切なのは結構なことやが……まま、よろしい。中に入って貰《もら》いまひょ」

男を店の中に招き入れた彩華は、名前を訊《き》いたが、男は首を傾げるだけだった。嘘《うそ》をついたり、ふざけている様子はない。見た目は老境に入った頃だが、まだ惚《ぼ》けるような年ではあるまい。しかし、

――番屋に届けておいた方がいいな。

と彩華は思っていた。

店内に入ると、男は目を丸くして両手をかざしながら、展示しているのをひとつひとつ見て廻った。

刀剣や骨董《こっとう》を置いている店といっても、間口はわずか三間、奥行きも四間ばかりの狭い所である。男は刀剣には目もくれなかったが、水墨画や掛け軸、壺や茶碗などは子供のような顔で見て回り、手で持てる一尺足らずの仏像の前で目が止まった。

繊細な白木一木彫《しらきいちぼくぼ》りの阿弥陀如来《あみだにょらい》の立像である。背光の輪っかが特徴で、細い目や微笑《ほほえ》んだような口元、細い指先までが写実的に丁寧に刻まれている。

「――これは……」

「見てのとおり、阿弥陀如来様です」

彩華が答えると、男は目を輝かして、手を伸ばした。触れようか触れまいかと迷っているように、腕が震えている。

「なんという綺麗《きれい》な顔をしているんだ……まるで本物の仏様のようだ」

「ええ、仏様です。仏様には、如来、菩薩《ぼさつ》、明王《みょうおう》……」

「そんなことは分かってる。それより、どうしてこれが、こんな所にあるのだ」

「どうしてって、うちは刀剣や骨董を扱う店なんです。それは平安の昔に造られたもので、いわゆる円派《えんぱ》のどなたかが、こさえたものでしょう」

円派というのは、平安時代の後期から鎌倉時代にかけて、〝造仏界〟で活躍した仏師集団の呼び名である。

「三条仏所の長勢《ちょうせい》という仏師がおりましてな、その弟子で息子の円勢《えんせい》という人が、白河院《しらかわいん》、堀河《ほりかわ》天皇、鳥羽天皇という皇室三代にわたり重用《ちょうよう》されましたのや。その息子の長円《ちょうえん》と賢円《けんえん》、さらに賢円の高弟である忠円《ちゅうえん》、その弟子の明円《みょうえん》などに継がれていくのどす」

彩華は付け焼き刃の知識を披露《ひろう》した。『咲花堂』の女房になった限りは、刀剣や書画骨董について勉強しておかないのは、薬種問屋に嫁入りした者が、薬のことを何も知らないのと同じことだからだ。

「その名に円を用いた仏師の系統を、後世になって、円派と称しました。足利将軍家に仕《つか》えたも同然の、いわゆる院派《いんぱ》と鎬《しのぎ》を削って、京の造仏界を作り上げた仏師たちですわ」

「……」

「ちなみに、院派の始祖、院助《いんじょ》は、定朝《じょうちょう》という祖父を持つんです。定朝は、円勢の父の師匠でもあります。みな繋《つな》がっとるんですな」

彩華が話している間も、男はじっと阿弥陀如来像を愛《いと》しそうに眺めている。

「定朝といえば、法成寺《ほうじょうじ》無量寿院《むりょうじゅいん》の九体丈六阿弥陀像や薬師堂の丈六七仏薬師如来像、なんといっても平等院鳳凰堂《びょうどういんほうおうどう》の丈六阿弥陀如来像などを造った名仏師です……院助の他に、頼助《らいじょ》という孫もいて、その系譜に……鎌倉時代に入って、運慶《うんけい》と快慶《かいけい》がおるんどす」

「ガチャガチャうるさいな。仏像を見るときくらい静かに見させろ」

男は掠れ声ながら、強く言った。腹が鳴いているが、空腹なのも忘れるくらい阿弥陀如来像に惹《ひ》きつけられているようだった。

「――申し訳ありまへんどした。ゆっくり鑑賞して下さいまし」

「たしかに、円派らしい鑿《のみ》使いだが、定朝よりも、その師匠の康尚《こうしょう》らしい技法が使われているな」

「えっ……」

たしかに康尚は、定朝の師である。その名が、この男の口から出るのは意外だった。

一見物乞いにしか見えない男は、仏像には詳しいようだ。彩華は人を見かけで判断したことを悔いた。節《ふし》くれた手先をよく見ると、何かの職人らしくごわごわしており、それでいて繊細な動きをする指にも見える。

彩華はしばらく黙って見ていた。

男が口にした康尚とは、平安京の最高権力者であり摂政職も務めた藤原道長《みちなが》が抱えていた仏師である。藤原道長発願《ほつがん》の法成寺阿弥陀堂の他、宮中の薬師仏造像から、比叡山の霊山院《りようぜんいん》釈迦如来造像や高野山《こうやさん》の大塔五仏造像など、当時の最高峰の仕事をしている。

その康尚の様子は、御衣木加持《みそぎかじ》という仏像造りを始める儀式なども含めて、『栄花《えいが》物語』にも記されているほどである。

造仏はひとりで行うものではなく、百人を超える大勢の仏師が協力して作製するものである。康尚や定朝というのは、その仏師団の指揮者であり、大工ならば棟梁《とうりよう》という立場だった。もちろん腕は超一流で、自分で鑿などの工具を持って作業もする。

仏師の集団は、ここに飾られているような一尺の仏像を造るわけでない。六丈もの巨大な仏像を造るのだ。

しかも、康尚は一木造といって、頭と体を同じ一本の木材から造る。それだけの巨木が必要となる。一方、定朝は寄木造《よせぎづくり》という、複数の用材で造る。寄木といっても、同じような樹齢や材質のものでないと、わずかな歪《ゆが》みが出るので、一木造と違《たが》わぬ仕上がりとなっていた。

四半刻《しはんとき》、溜息《ためいき》混じりで佇《たたず》んでいる初老の男に、彩華は痺《しび》れを切らしたように
「それは、定朝の高弟である長勢の作とされております。さっきも言いましたとおり、円勢の父親ですな。実質の円派の祖とも言われてますが、巨大な仏像ではなく、かような手に取れるような阿弥陀如来像でも、長勢らしさが残ってますか」

と尋ねてみた。

初老の男は何も答えず、懐《ふところ》から小さな巾着《きんちゃく》のような袋を出すと紐を解いた。中には、小筆くらいの彫刻刀が三本ばかり入っている。それをおもむろに取り出すと、目の前の阿弥陀如来像に手を伸ばして、顔の辺りに刃を入れようとした。

「ちょ、ちょっと何をしますのや」

彩華が止めようとすると、「うるさい」と手で振り払った。彫刻刀の先が彩華の手首に触れて、血が滲み出た。

構わず、初老の男は阿弥陀如来像を摑もうとしたので、彩華はとっさに男の腕をねじ上げ、店の外に引きずり出した。

「うわっ。女将《おかみ》さん、えろう強うおまんな……」

安徳坊の方が目を丸くしていた。

道端に後ろ手に組み伏せられた男は、「ぎゃあぁ」と大袈裟《おおげさ》なほど悲鳴を上げたため、通りすがりの人々がみな、吃驚《びっくり》して立ち止まって振り返った。安徳坊は、

「違いますよ。これはこの人が仏像を傷つけようとしてたんです」

と言い訳をしたが、若者が老体を押さえつけている姿には変わりなかった。

彩華はさらに腕をねじ上げて、彫刻刀を奪い取り、

「何か子細《しさい》があるようですな。お話を伺《うかが》いまひょか」

と説諭《せつゆ》するように言った。

はたと我に返った初老の男は、一瞬、茫然自失となっていたが、憑《つ》きものが落ちたかのように彩華に謝った。

「も、申し訳ありませんでした。あまりにも素晴らしい仏像だったので、つい……」

しおらしい顔になった初老の男は、彩華にはなぜかお釈迦様のように見えた。

その頃、東町奉行所番方同心の御所水泰広は、近頃、洛中《らくちゅう》の大店《おおだな》を荒らしている盗っ人の探索をしていた。

目明かしの平七《へいしち》と一緒である。十手《じって》持ちのくせに神官のような清楚《せいそ》な顔だちだからか、羽織姿であれば、誰も御用聞きとは思わない。むしろ、茶屋か何処《どこ》かの若旦那《わかだんな》に見える。

京の番方同心は江戸同様に、紋付きの黒羽織に着流しであるが、江戸の岡っ引のように着物を端折《はしょ》って帯に挟み、これ見よがしに十手をぶらぶらさせてはいない。京では、手先《てさき》とか口問《くちと》いとも呼ばれて、見廻りや密告という仕事が多かったからである。

二

――京のうち、一条よりは南、九条よりは北、京極《きょうごく》よりは西、朱雀《すざく》よりは東。が洛中であると、鴨長明《かものちょうめい》の『方丈記《ほうじょうき》』にも記されている。

これに倣《なら》って、天下を取った秀吉は、京の町を再建する際に、洛中と洛外《らくがい》を区別するため、「北は鷹峯、南は九条、東は鴨川、西は紙屋川」を境として〝御土《おど》に出入りはできた。それでも、京七口《きょうななくち》という所から、人々は勝手気儘《きまま》に出入りはできた。七口というのは、鎌倉時代に設けられた鞍馬口《くらま》、大原口《おおはら》、粟田口、伏見口、丹波口《たんば》などの関所のことであるが、実際は十口以上あった。

徳川の世になっても、西陣の機織《はたお》りや堀川の友禅染《ゆうぜんぞ》めの商都として栄え、遊郭《ゆうかく》や芝居小屋といった遊技場も増えて、多くの人々が都に集まった。また伝統ある仏教はもとより、儒学《じゅがく》や国学、医学などの学問から絵画、京焼き、茶道文化の中心地となっていた。

だが、京の西側は寂しいもので、洛外となれば、ますます鬱蒼《うっそう》としていた。ゆえに、盗賊が現れるとしても、京の中心地。しかも、帝《みかど》や公家《くげ》が住んでいる御所周辺では、さすがに盗み働きをする者はおらず、祇園界隈《かいわい》から、四条、五条あたりの商家が狙われた。

近頃、鞍馬の山から下りてきた天狗党なる者たちが、跳梁跋扈《ちょうりょうばっこ》していた。

「ふざけやがって。何が鞍馬天狗党だ。こんな輩《やから》は、本当に鞍馬の天狗に吊《つる》し上げられ、痛い目に遭《あ》えばいいのだ」

頭に血が昇っているのか、御所水は言葉遣いも荒々しかったが、平七の方は静かに黙ってついて来ているだけであった。

能の『鞍馬天狗』といえば、丁度《ちょうど》、今頃のような桜の時節に、牛若丸と邂逅《かいこう》した天狗が兵法を伝授する物語である。鞍馬の大天狗は異形《いぎょう》の者で恐れられた存在であった。ゆえに、鞍馬天狗を名乗っているだけであろう。

盗賊といえば熊坂長範《くまさかちょうはん》が有名だ。吉次一行の中の少年が、金売り吉次《きちじ》が、熊坂長範に美濃《みの》国赤坂《あかさか》の里で襲われた。吉次一行の中の少年が、屈強な盗賊集団と戦い、様々な剣術技法によって、熊坂長範も斬り倒すのである。それが、義経である。

金売り吉次は、義経を陸奥《むつ》国の藤原秀衡の所へ案内したとして知られている。かくも、京には盗賊や義経にまつわる物語が多い。能にも「橋弁慶」「烏帽子折《えぼしおり》」「船弁慶《ふなべんけい》」「鞍馬天狗」「正尊《しょうぞん》」など、義経が登場する演目が数々ある。ゆえに、

「牛若丸に出て来てもろて、さっさと退治して貰いたいわ」

と京の人々は願いを込めていた。

御所水は盗難に遭ったという菓子屋に来ていた。四条通から入ったこの界隈は今の新京極や寺町に当たり、漆器店、包丁店、彫金屋、小物屋、箸《はし》店、簪《かんざし》屋、竹細工屋、茶道具店、紙屋、扇子《せんす》屋、人形店、織物屋、生地問屋、仏具店、念珠屋、菓子屋などがずらりと並んでいた。

江戸のように軒《のき》を連ねるというのではなく、町屋や寺社、武家屋敷の間に点在

している風情《ふぜい》であった。今日は、その中の創業は元和《げんな》年間という『田貫屋《たぬきや》』という粟餅《あわもち》店に盗《ぬす》っ人《と》が入ったとのことだった。

この辺り一帯だけではなく、洛中の店という店は警戒しているのだが、いつの間にか盗みに入られていたのだ。金に換えやすい漆器や茶器などの骨董、刃物や小間物といった売り物のときもあれば、帳場から幾ばくかの金を盗まれているときもあった。

鞍馬の天狗党という大層な通り名にしては、押し込みをして人を傷つけることはなく、鼠小僧《ねずみこぞう》のように真夜中に忍び込んで、知らぬ間に被害を受けているのだ。都を騒がしている大盗賊とは、またぞろ違う一味かもしれないが、町方としては探索をせねばならぬ。

「こそ泥だろうが、盗賊だろうが、同じ盗み働きだ。悪いことは悪い」

御所水はどうしても捕縛するとの気概で、『田貫屋』の主人・数兵衛《かずべえ》に盗まれたときの状況と被害に遭った物品の数などを聞いていた。まもなく還暦《かんれき》だという数兵衛は恐々としている。探索に来てくれて喜ばしいというよりは、迷惑だという顔をしていた。商家にとって、奉行所の同心に出入りされるだけで、評判が悪くなるからだ。

一方、御所水の方は治安を守りたいという思いもあるが、手柄を少しでも立てて昇進を願っている節もある。同心は生涯、同心なのだが、御所周辺の警備になれば、五十俵《ぴょう》三人扶持《ぶち》やそれ以上の手当てになる。場合によっては、しかるべき手続きによって与力《よりき》に身分が格上げになることもあるからだ。

「へえ……盗まれたといっても、うちは小判を一枚と粒銀が三十匁《もんめ》ほど。それから、商品の粟餅を三十人分くらいですかいなあ……でも、ご存じのとおり粟餅は毎日、作るもんですので、盗まれたのは余り物どす」

「余り物でも盗んでよいという法はない」

「命を取られなかっただけ運が良かったということで、もうこれ以上の探索は無用でございます。戸締まりをキチンとしていなかった手前どもの不注意でおます」

「同じような被害を受けている店は何軒もあるのだ。この店の場合は食べ物だから、盗っ人の腹の中に入ったのかもしれぬが、彫金や仏像なんぞを盗まれたときは道具屋などに転売されておる。それゆえ、捕縛せねばならぬ。もし、顔や姿を見たのであれば、覚えていることを話して貰いたい」

「姿や顔ですか……はて……」

数兵衛は首を傾げて思い出そうとしたが、特に印象は残っていなかったという。

「夜中にガサゴソ音がしたので、鼠かいなと思ってたのですが、そうでもなさそうなので、もしや噂の鞍馬天狗党かと思ったんです……でも、大勢ではなく、ひとりのようでした」

そっと寝床から起き出して、こっそりと襖《ふすま》を細めに開けて覗いてみると、帳場を漁っている男がいたという。少し猫背気味で、年は分からないが、動きが鈍《にぶ》そうだったらしい。

「ひとりなら、なぜ捕らえなかった」

御所水が迫るように訊くと、数兵衛は首を横に振りながら、

「とんでもございません。仲間が何処かに潜んでるかもしれまへんし、私はもう足腰も弱くなって、朝早く起きて粟餅を作るだけで難儀なんどす。居直られて刃物でグサリとやられるかもと考えると、声も出ませんでした」

「それで黙って見ていたというのか」

「二階には女房がいますし、小さな孫娘も泊まりに来ておりました。何かあったら困りますんで、へえ……」

仕方がなかったと数兵衛は呟《つぶや》いたが、御所水は悔しそうに拳《こぶし》を握り、

「では顔も見えなかったのか。それでは話にならぬな」

と苛《いら》ついた声になった。

「あ、でも……逃げるときに、そいつ屁《へ》をこいたんです」

「なんだ?」

「屁をこいたんです……どうやら腹を下してたようで。それで、股をすぼめて慌てて、潜り戸から外に飛び出していったんですが、洩らしたみたいなんです」

「汚い話だな……」

「なので、もしかしたら捕まえられるかと思うて、追いかけて出てみたら、丁度、こっちを見ていました。手には匕首《あいくち》のようなものがチラッと見えたので、私はすぐに店に入って、しっかりと戸を閉めました。ただ一瞬ですが月明かりに浮かんだ顔は見ました」

「どんな顔だ」

「丸坊主で無精髭《ぶしょうひげ》、着流しの着物は黒っぽくて小汚い格好でしてね、年の頃は、そうですなあ、私とさして変わらないような」

「まことか。ならば、もう一度見れば、分かるのだな」

「いや、そこまでは……でも、とにかく小汚い丸坊主の年のいった奴を探せば、見つかるのと違いますか」

「なるほどな。相分《あいわ》かった。後で、奉行所から絵心のある者を遣わすゆえ、覚えているところだけでよいから、話してくれ」

「それは構いませんが……御所水の旦那」

数兵衛は哀願《あいがん》するように、

「うちの粟餅を食べたから腹を下したんじゃないか、なんて言わないで下さいよ」

「食ったのか」

「たぶん、盗みをしながら……よほど腹が減っていたらしく、うち独特のきな粉と甘ダレが床に散らかってましたから……絶対に言わないで下さいよ、評判に関わりますんで」

「言わぬ言わぬ。その代わり、少しばかり包んで寄越《よこ》せ。この店の粟餅は大評判だからな、美味《うま》い美味いと噂を流してやる」

袖の下を寄越せと言っていると数兵衛は察したが、本当に粟餅だけを持たせた。御所水は不満そうに目を細めたが、それ以上の要求はせずに立ち去ろうとし

た。そのとき、

「あいつかもしれへんな」

と平七が呟いた。

「誰だ。心当たりでもあるのか」

御所水が振り返ると、平七はすぐに店の表に飛び出して、辺りを見廻しながら、

「この辺りの寺の境内《けいだい》をうろついている妙な坊主の男を何度か見かけたことがあるんですわ。しかも無精髭で小汚い格好……高瀬川の近くや鴨川の土手にもいたような」

「そいつに違いない」

もう見つけたように御所水は「すぐに探せ」と命じたが、それが都に跳梁跋扈している鞍馬天狗党とも思えない。

「この店に入った盗っ人は、一味ではないでしょう」

平七が断じると、御所水は苛ついて、

「どうして、そんなことが分かる。おまえは、そうやって俺をいつも舐《な》めて……」

「舐めてまへん。あまりにも手口が違い過ぎます。そんなこそ泥は、放っておきましょう。それより、私は別の手掛かりを思い出しました。ちょいと当たってみます」

突っ走っていく平七を、御所水は腹が立った顔で見送っていた。

三

出先から綸太郎と峰吉が一緒に帰ってくると、見知らぬ初老の男がガツガツと飯を食っていた。先刻とは違い、無精髭を剃《そ》り、坊主頭もてかって、こざっぱりとしており、洗い晒《ざら》しの着物を身につけている。

穏やかで品のある顔だちとは違って、茶碗を持つ手つきや箸の使い方がいかにも下品で、まるで物乞いのように見えた。

「──誰や、おまえは……人の着物を勝手に着てからに。それ、私のですよ」

峰吉が声をかけると、初老の男は振り返って、

「自分が誰か思い出せないのです。申し訳ありません。この着物は、あなた様のものでしたか。拝借して申し訳ありません。湯を浴びさせてくれた上に、奥様が

貸して下さいました」

と丁寧に答えたつもりであろう。が、食べかけのご飯を口の中でクチャクチャ言わせながらの礼儀のなさに、峰吉は呆《あき》れた。

厨房《ちゆうぼう》の方から茶を運んできた彩華が、

「お帰りなさいませ。お公家様の鑑定《めきき》の方は如何《いかが》でございましたか」

と声をかけた。

「それより、この人は誰や」

「ああ、安徳坊が鴨川から拾ってきたんです」

「人のことを塵芥《ごみ》みたいに言いなはんな。何処のどなたさんや」

「ですから、分かりしまへん。ご本人さんも自分のことを、覚えてへんのです」

「さよか……だったら、番屋に届け出た方がええな」

「ええ、手代に届けて貰いました。でも、お風呂に入ってサッパリしたら見違えるようになりまして……どこぞの立派な御仁かもしれまへんえ」

彩華が言うと、峰吉は値踏みするように初老の男を眺めて、

「いや。卑《いや》しい食い方だし、胡座のかきかたも着物の裾を乱して、えろう下品や。おい、坊主頭。おまえ、本当は誰や。『咲花堂』に盗みの手引きにでもきた

か」

と、それこそ人を貶《おとし》めるような言い草で迫った。だが、彩華は庇《かば》うように応えた。

「万吉さんというそうです……いえ、ほんまの名前かどうかは分かりませんが、いっつも見る夢の中では、おっ母さんに万吉と呼ばれているそうです」

「なんや、それ……万吉でも千吉《せんきち》でもかまへんが、こら、おっさん……といっても私よりけっこう若いと思うけど、ほんまに自分のことが分からんのかいな。だとしたら、お上《かみ》に人相書《にんそうがき》でも何でも描いて貰《もろ》うて、身許《みもと》を探して貰わんかい」

「まあまあ、峰吉さん。そんなふうに言わんでも……人助けはうちの綸太郎さんの十八番《おはこ》やおへんか。なあ、旦《だん》さん」

当たり前のように言ってから、彩華は仏像のことを話した。

「そや、この人、来てすぐに、店に置いてる阿弥陀如来像をじっと見入ってはってな……この彫刻刀で、なんや彫り直そうとしたんです。もちろん、慌てて止めましたけど」

そのときの状況を話すと、傍《かたわ》らで見ていた安徳坊が、彩華の柔術《じゅうじゅつ》の凄さも付け足した。まるで鬼退治でもしたような大袈裟な話しぶりに、綸太郎も峰吉も驚いた。それほどの柔術使いとは、知らなかったからだ。

「気をつけとかんと、旦那様も投げ飛ばされますよ。峰吉さんなんか、減らず口叩いたら、痛い目に遭いまっせ」

「減らず口はおまえじゃ」

峰吉は安徳坊の両頰を引っ張って、仕事をせえと奥に連れていった。

万吉と名乗る坊主頭の男の前に、綸太郎は座って訊いた。

「あの阿弥陀如来像の、どこが気に入ったのですか」

「お内儀さんは、よう勉強してますな。仏像の由来をよう講釈してくれました……ああ、美味かった。ごちそうさんでした」

ご飯を食べ終え、汁ものも全部、きれいに飲み干してから、楊枝でシイシイと歯をせせりながら感心したように言った。

「こんな所で、師匠の阿弥陀如来像に邂逅するとは思いもよりませんでしたわい」

「師匠……」

「どうやら、この方、仏様を彫る仕事をしてたそうなんです」

綸太郎も話を聞きながら、食べる仕草を見ていたが、その指先や爪の形、掌《てのひら》

の胼胝《たこ》、手首の太さ、残っている手の甲の傷などから、刃物を扱う職人だろうとは勘づいていた。そのことを話すと、

「さすがは『咲花堂』のご主人や」

と万吉は欠けた歯を見せるように笑った。

「うちのことを、ご存じで」

「いや、知らんけどもや、聞いた覚えはある。たしか、松原通の方に……」

「そうです。ここに移ってきました」

「ほう……」

万吉は俄に上の空になって、指先で何か思いついたことを虚空《こくう》に描いていた。

その様子を見ていた彩華は首を傾げて、

「こんな様子なんです……もしかして、仏師じゃないかと、私は思うてます」

「仏師……なんでや」

「さっきも言うたとおり、いきなり阿弥陀如来像に彫刻刀を入れようとしたし
……」

彩華は、万吉が持っていた三本の細い彫刻刀を見せて、

「なんや、仏造りのことが細かくて、えらい詳しいです。旦さんが出ている間、

ずっと話してくれました」

「さよか……でも、万吉さんとやら……店に置いてるあの阿弥陀如来像は、何処のどなたかは存じませんが、あなたの師匠が造ったものではありませんよ。あれは、長勢の作とされてますさかいな」

倫太郎が説得するように言うと、万吉は苦笑して、

「長勢があんなもの造るものか。寄木造の仏師だからな。一本造の康尚なら分からないでもないが、あり得んな。そもそも、木が新し過ぎる。材質は白檀《びゃくだん》だが、長勢が生きてた平安の世に、この国に白檀はない」

「……」

「噂に聞いてるほど『咲花堂』は、大したことないのだなあ」

万吉が呆れたように言うと、倫太郎はなるほどと頷いて、

「だから、あれはあなたの師匠が造った阿弥陀如来だ……と思ったのどすな」

「そういうことだ」

「ですが、ほんまに長勢が造ったものなんですよ。白檀は当時も、唐の国から仕入れておりました。小さな仏像は、香木にも使われる白檀で造るのが、唐天竺《からてんじく》では当たり前のことですからね」

「だから素人《しろうと》は困る。こんな小さな仏像は、五濁悪世《ごじょくあくせ》に苦しむ末法思想が広まった、鎌倉も末からだ。在家が増えたから、仏像が沢山《たくさん》必要になったため、仏師が造ったんだ。儲けになるからな」

それまでの寺院中心に仏像を拝む慣わしから、大衆が帰依《きえ》するようになり、仏壇にも飾るようになった。

「大きな仏像造りには、仏師たちによる優れた匠《たくみ》の技の競い合いがあったが、小さな仏像が沢山、求められるようになったら、そりゃ金儲けに走る輩もおるからな」

「金儲け……」

「そりゃそうだ。仏師といえども人間。飯を食わねば生きていけぬ。出家したり、僧位を貰った仏師もいるが、儂はただただ彫るために彫るのが、本当の仏師だと思うておる」

万吉は金銭や名誉のためではなく、ただ仏を彫るということ自体が、仏師たるゆえんだとでも言いたげだった。

「自分が誰かは分からなくても、心構えは覚えているのですな」

綸太郎が微笑みながら言うと、万吉は少し坊主頭を抱えるようにして、

「分からん……分からんものは分からん……お釈迦様だって、弘法大師《こうぼうだいし》だって、分からんものは分からんのだ」

と禅問答《ぜんもんどう》のようなことを呟いた。

だが、綸太郎は刀剣同様、仏像にも絵画や彫刻、あるいは雅楽《ががく》や能に通じる〝美〟があると思っている。だから、人は惹きつけられる。ひとこと文句を言いたくなった。

「たしかに天平《てんぴょう》仏像の完成された美しさ、奈良仏像の柔和《にゅうわ》な優しさ、密教の法力に満ちた仏像。それぞれ素晴らしいですし、金銅仏や塑像《そぞう》、乾漆像《かんしつぞう》という素材や造り方の違いで、同じ仏様の顔でも違いが出てきます。ましてや、宇治平等院の一丈六尺のような大きな阿弥陀如来を造るためには、私らには分からない工夫や苦労がありまっしゃろ」

「……」

「ですから、長勢は大きな仏像を造る前に、小さな仏像を自分で彫って、工房の者たちに、こんなものを造りまっせ、という覚え書き代わりに示したそうです」

人の話を聞いているのか聞いていないのか、万吉は俯いたままぶつぶつ言っていたが、綸太郎は続けた。

「長勢が造った仏像は、拝むためのものやおまへん。試作の試作でしょう。ですが、それを有り難がって持っていた弟子たちは大勢おります。その者たちが残しておった仏像であることは、間違いおへん。長勢の名も刻まれてます」

「――そこが嘘だ、というのだ」

「え……？」

万吉は何か思い詰めたような顔になり、

「仏師たるもの、自分の名を仏の何処にも刻んだりはせぬ。台の裏であろうとな。もし、刻むとしたら、内刳《うちぐ》りの中に、鑿でちょいと彫り込むくらいだ」

一木造は、粗彫りの際に充分に材木を乾燥させなければならない。その時、ひび割れや歪みが出ないように、像の中を削り取って空洞にし、一旦、別の板で蓋《ふた》をしたりする工程がある。それを内刳りという。

「仏師というのはな、旦那……己の主義だの個性だのを出したらいけないんだ……誰が造ったか分からなくていいんだ」

「……」

「なぜなら、仏像は拝むものだからだ」

「拝むもの……」

「決して、眺めて美しいだのなんだのと鑑賞するためでも、値打ちをつけて飾っておくものでもない。だから、まことの仏師は、信心という、心の奥から湧き出てくる思いや願いに従って、無心に彫るだけだ。そうして彫っていると、しぜんに木の中から、仏様が現れてくるものだ」

まるで自分はそうだと言わんばかりに、万吉は熱弁をふるい、

「ここにある阿弥陀如来は、長勢の彫ったものどころか、せいぜいが土産物《みやげもの》だ」

と小馬鹿にしたように断言した。

そこへ、彩華が、店から持ってきた阿弥陀如来像を置いて、万吉に尋ねた。

「これ、なんぼくらいだと売れますか」

「なんだと。儂の話を聞いていなかったのか」

「いえね……これ売り物ですから。旦那さんは十両の値をつけてますが、そんな誰が買いますか。土産物だとしたら、せいぜい高くても一分《ぶ》くらいでしょ」

「……」

「ここに、ずっと飾っとくらいなら、それこそ信心深い人に売ったげたらええ。鰯《いわし》の頭を拝むより御利益《ごりやく》あるでしょうし」

彩華が事もなげに言うのへ、綸太郎は思わず、つまらない話をするなと叱《しか》っ

た。だが、万吉の方はガハハと笑って、

「いやいや。お内儀様の方が、物事分かってる。師匠のだし、二束三文《にそくさんもん》ではあんまりだから、せめて二分にしてやってくれ」

と言った。

呆れて見ていた綸太郎だが、とても自分が誰か分からぬ男とは思えない。何か事情があって惚けているのかもしれぬ。綸太郎はこれまでも、世俗の暮らしを嫌って隠遁《いんとん》暮らしをしたり、己を偽るように女房子供から逃げてきたりした者を何人も見ている。特に京には、そうしたくなる魔力みたいなものがある。

「師匠は誰なんですか。この阿弥陀如来像を造ったという」

「ほとんど無名だが、栄泉《えいせん》と名乗っていた」

「栄泉……聞いたことおへんが……師匠の名は覚えてるんですね。ご自身のは？」

「忘れた。本当だ。仏師であることは、体や心に刻まれてるのだろう。だが、他のことはぜんぶ忘れた。何処で暮らしていたか、女房や子供はいたのかどうか」

「……」

「だが、不思議と寂しくもなんともない。ただただ、何処か荒野を彷徨《さまよ》っていたような……そんな重たい気持ちだけがある」

「さようですか。だったら、どないでしょ。俺の知り合いに仏師がおりますさかい、その人の所で働いてみませんか」

「いやいや……」

すぐに拒絶するように手を振ったが、綸太郎はいつになく強引に、

「そうしなはれ。この仏像を、長勢のではないと見抜いたお人や。物乞い同然の暮らしをしてるのは、仏様に申し訳ない」

「でもなあ……」

「金のためが嫌なら、あなたの全身全霊を込めた御一体、造ってくれまへんか。その仏の光を私も浴びてみとうなりましたのや」

綸太郎が懸命《けんめい》に口説《くど》いていると、少し考えたいとぶらり表に出ていった。心配そうに彩華は見送ろうとしたが、

「帰って来なかったら、それまでの縁や」

「でも、旦さん……」

「言うておくがな、この阿弥陀如来は本当に長勢の手による仏像や。あの人が師匠と呼んでるのは、長勢のことかもしれんしな」

また禅問答みたいなことを綸太郎は言って、彩華に微笑みかけた。それでも、彩華は納得できない顔で、真剣に阿弥陀如来を売ることばかり考えていた。本当に長勢の作ならば、高く売れるはずだからだ。

四

嵯峨野は洛中から遠く離れてはいるが、京の中心部と変わらぬ繁華《はんか》な町並みが広がっていた。広隆寺《こうりゅうじ》、源光寺《げんこうじ》、大覚寺、天龍寺、徳林寺《とくりんじ》、鹿王院《ろくおういん》、清涼寺《せいりょうじ》など大きな仏閣に囲まれるように、百五十余りの寺が広がる光景は、まさに、仏教の都と言ってよかった。

洛中を長安《ちょうあん》とするなら、風光明媚《ふうこうめいび》な郊外の「巀嶭山《さつがつさん》」に見立てて、嵯峨と命名されたというが、嵐山や桂川の美しい風景と相まって、まさに京の西方にある極楽浄土であった。

寺だらけの町の外れ、桂川の土手に近い仏像の工房に、綸太郎は万吉を案内した。お寺の本堂のような建物の中で、数人が作像やバラバラにした仏像の修繕などをしている。

奥の一段高くなった板間で、股に材木を挟むようにして作業をしている四十絡《がら》みの仏師がいる。

出家僧のように剃髪《ていはつ》しており、麻の単衣《ひとえ》に袈裟《けさ》懸《が》けだが、厳《いか》つい顔のせいか、どこか俗っぽい感じもする。仏師は綸太郎を見るなり立ち上がり、

「おや、珍しい。例の仏像はまだでけてまへんが、今日は何の用ですかいな」

と近づいてきた。

「急にすんまへんな、兼円《けんえん》さん」

綸太郎も深々と頭を下げて、思わず両手を合わせてから、作事場に入った。兼円と呼ばれた仏師は単衣についている木屑《きくず》を刷毛《はけ》で落としてから、さらに奥にある座敷に綸太郎を招きながら、「おい」と庫裏《くり》の方へ声をかけた。

すると、三十半《なか》ばくらいの丸顔の女が顔を見せた。綸太郎に頭を下げると、すぐに茶の仕度《したく》をしに戻ったようだった。

「昔は、仏像の作事場どころか、同じ屋根の下は女人《にょにん》禁制やったんやが、親鸞《しんらん》様かておなごを愛《め》でたんやから、構へんやろ」

兼円は人柄が良さそうな笑顔で、言い訳じみたことを言った。

「新しい奥さんですか」

「弟子やがな。女房は死んだお糸《いと》だけで沢山や。近頃は、大工かて陶作《すえつくり》かて、茶の湯かて女が修業をしよる。世も末という奴らがいるが、仏を彫るのに男も女もあるかい、なあ」

同意を求めるように綸太郎に言ってから、

「そういや、とうとうあんさんも嫁を貰《もろ》うたらしいな。京一の色男も、骨抜きにされたとは、こりゃ目出度《めでた》いのか、お悔やみを言うた方がええのか」

と、からかうように言った。

「色男やおまへん。女にもてた試しがありまへんし」

「嘘つきは閻魔《えんま》様に舌抜かれまっせ。祇園や先斗町、宮川町《みやかわちよう》、それから上七軒《かみしちけん》まで、色街の芸妓《げいぎ》らが競い合ってたやないですか」

「誰かと間違えてますよ、兼円さん。その年で、もう惚けが来ましたか」

綸太郎は適当に合わせておいてから、

「実は今日、ちょっとお願いがあって参りました。この人……」

と紹介をしようと思ったら、もう作事場の一角に座り込んで、若い仏師たちが木槌《きづち》を鑿にあてがって打ちつけている姿を、まじまじと見つめていた。ゆっくり立ち上がると、作業の邪魔にならないように、仏師たちの背後を縫うように、睨《にら》むように見て廻った。

「みんな、なかなかええ仕事しとるやないか……師匠はあんたさんかい」

万吉の方から声をかけてきた。

不思議そうに綸太郎を見やった兼円に、万吉は自分から頭を下げて、

「子を見れば親が分かるというが、弟子を見れば師匠がよく分かる。こいつらの手先を見てたら、かなり鉋《かんな》研《と》ぎや鑿研ぎの修業をさせられた奴やと思う。そこを怠《なま》けた奴は、木を彫るのに必死だが、ここの仏師たちは木の方から、仏の姿が少しずつ湧き出てきよる」

と、なんだか偉そうな口調で言ってから、また弟子たちの作業に見入った。たまに弟子の背後から声をかけて、軽く手を添えたりしながら、コツを教えていた。

その様子を眺めながら、兼円は小さく頷いて、

「仏師のようやが、綸太郎さんは、この人をうちで預からせようとでも？」

と訊いた。

「よう気づいてくれはりましたな」

綸太郎は、彩華や安徳坊から聞いた話や仮の名前を伝えてから、しばらく面倒

を見てくれないかと改めて頼んだ。

「自分が誰かも分からん、物忘れの人をな……」

「うちにある長勢の阿弥陀如来像は、偽物だと言い張りました。栄泉という万吉さんの師匠が造ったものだとか」

「栄泉……！」

「ご存じなんですか」

「私の師匠に当たります。もっとも、もう三十年近く前に亡くなってますがね」

「そうなんですか。いえ、あまり聞いたことがない名前だったもので……そうですか三十年も前に……」

「大酒飲みでしたからね。私も修業をしていたのは十五、六歳の頃で、亡くなったために、一年も工房にいませんでした」

「京の何処にあったのです」

「いえ、平等院のある宇治です。あの辺りにも仏師は仰山、おりましたからな。桂川と同じように、宇治川が近くにあるから、何かと便利なんですわ」

仏像といえば材木を乾燥させる印象が強いが、運搬のためでもあろう、意外と水辺を使うそうなのである。琵琶《びわ》湖の周辺の村にあるのも頷ける。かといって湿気だらけのところでは困る。山風や谷風が通って、しぜんに乾燥もできる所が良いのであろう。

「分かりました。綸太郎さんの頼みなら、嫌とは言えまへん。それに、なかなかの筋があるようですし、しばらく様子を見させて貰いますわ」

気前よく兼円は引き受けてくれた。綸太郎は預けたというより、体《てい》よく追っ払った気がして、少し申し訳ない思いもあったが、何より万吉が仏像造りを通して、自分が誰か思い出してくれるのが一番だった。


その頃、目明かしの平七が『咲花堂』を訪ねてきたとき、彩華はよそ行きの着物姿で出かけようとしていた。

「お内儀さんですかいな。目明かしの平七という者でございます」

いきなり声をかけられて、振り向いた彩華は目を丸くした。十手持ちにしては、どこぞの若旦那のように清潔感があって、咎人《とがにん》を捕縛するような野暮《やぼ》ったい人には見えなかったからである。

「へえ、そうですが、十手持ちの親分さんが何か……」

彩華が首を傾げると、平七は人相書を一枚、懐から出して見せた。それは、サッパリと髭を剃る前の万吉にそっくりであった。

「この男を見かけたことはありませんか」

「さあ……分かりまへん」

もちろん万吉だと分かったが、何か曰《いわ》くがあると思い、即答は避けた。平七は訝《いぶか》るような目つきになって、

「おかしいな。ここの小僧が、薄汚れた坊主頭の爺《じい》さんを、連れてきたというのを見た人がおるのやが」

「いいえ。この人が何か……」

白《しら》を切り通して、彩華が訊き返すと、平七は疑り深い顔のまま、

「盗っ人ですわ」

「――盗っ人……そりゃ怖いでんなあ」

「洛中のあちこちの店に忍び込んでは、金目のものを盗んだり、食べ物を奪ったりしてますのや。『咲花堂』さんといえば、値打ちものの書画骨董があるさかい、狙われてるんやないかと思いましてな」

「狙われてる……」

「物乞いの振りをして情けをかけて貰い、相手が油断した隙《すき》に盗みよるんです

わ」

「いややわあ。私、まだ京に嫁に来たばかりで事情はよう分かりませんが、盗っ人だの何だの、そんなんばかりですなあ」

彩華は嫁に来る時にも、〝鞍馬の天狗党〟らしき一味との騒動があったことを話した。もっとも、それは間違いだったことを伝えてから、彩華は身震いして、

「都には、鬼やら天狗やら盗っ人やら、怖いもんばかりですのやな。おお、怖ッ……」

「お内儀さんは、何処から」

「大坂は淀屋橋です」

「ほう、それは賑やかな所から」

「近くには堂島米会所やお大名の蔵屋敷ばかりで、大勢の人でごった返して、わいわいうるさかったさかい、ここはまるで山奥のように静かでええけども……私にはちょっと落ち着きまへんわ」

にこりと微笑んだ彩華が軽く頭を下げて、

「ほな、ちょっと用事があるもので」

と歩き出すと、平七はついてきた。まるで通りすがりの若い娘にまとわりつく

遊び人のように、歩幅を合わせている。

「何処まで行きますのや」

「親分さん。京では、しつこいのは嫌われるんと違いますか」

「御用の筋やからな。物事をハッキリしないと寝られへん性分《しょうぶん》なもんで」

「それなら私も同じです」

彩華はつと立ち止まって、平七を睨みつけるように振り向いた。

「魂の入った仏像は、刀で叩き斬ろうとしても、弾き返されてしまう。下手すれば刀が折れるって、ほんまやと思いますか」

「――え……？」

「うちの旦さんが、そんな話をしてくれたんです。なんのこっちゃと思いましたけど、刀剣目利きやさかい膝を正して聞いてると、旦さん、刀を取り出してきて、うちに置いてある小さな阿弥陀如来像を叩き斬ろうとしたんです」

平七は虚《きょ》を突かれたような顔をしているが、彩華は構わず続けた。

「どないなったと思います……刀は弾き飛んでしまって、阿弥陀如来像は無傷。阿弥陀如来様も涼しい顔してますのや」

「……」

「ならば、気高《けだか》い魂の入った三条宗近のような名刀で、仏像を斬ったらどうなると思いますか……並みの仏像なら、真っ二つです。そやけど、魂の入った仏像と精魂《せいこん》込めて作られた刀だと、どっちが壊れると思いますか」

真顔で問いかける彩華を、平七はそれこそ「何の話や」という目で見ていた。

「分かりまへんか、親分さん」

「その話と、盗っ人の話と何の関わりがあるのや」

「盗っ人のことではありまへん。親分さんの心がけの話どす。穢《けが》れた心では、御用務めどころか、魂の入った盗っ人を捕らえることなんぞ、できまへんえ」

毅然《きぜん》と言うと、彩華は足早に歩き始めた。豆鉄砲を食らったような平七は、ますます興味を抱いたのか、懲《こ》りずに後を尾《つ》けた。

彩華は二条角倉屋敷に入っていった。それを確かめた平七が、

「――なんや、角倉様と知り合いか……」

と呟いて見ていると、番頭が彩華を出迎えて、

「こいさん。よう帰って来てくれました。さあさ、どうぞ、どうぞ。ご主人が首を長《なご》うして、お待ちかねどっせ」

下にも置かぬ態度で玄関に招き入れた。

「ここの娘なのか……？　こりゃ、下手に関わらん方がよいかもしれへんな」

平七は諦めたように踵《きびす》を返そうとしたが、何か閃いたのか、近くの茶店に入り、高瀬川越しに角倉家を見張ることにした。

五

明け方、ガサゴソと鼠の這うような音に、兼円は目が覚めた。

工房といっても元は小さな寺で、庫裏から本堂だった所まで、屋根付きの渡り廊下があるのだが、やけに大きな音に感じた。

夜中に降り出したのか、しとしと雨に瓦《かわら》屋根は濡れており、渡り廊下に吹き込んできていた。まさか泥棒でもいるのではないかと、兼円は忍び足で工房に近づいた。

昨日の作業を終えてから、きれいに片付けている工房だが、すでに本堂の扉は開けられており、淡い朝日が差し込む中で、万吉が熱心に仏像を彫っていた。あまりにも集中しているので、声を掛けそびれるほどだった。

しばらく兼円は、無言で彫り続ける鑿捌《のみさば》きを見ていたが、その道何十年の熟練工である仏師の目から見れば、手つきはどことなく粗《あら》いように見えた。しかし、その無駄とも言える大袈裟な動きの割りには、繊細な線が刻まれている。どうやって彫ったのか分からないくらいであった。

木造には大まかに、一木造と割矧造《わりはぎづくり》、そして寄木造がある。

割矧造は一木造によって、ほとんど完成したものを、楔《くさび》で頭上から足の下まで前後に割り、その断面を内刳りする手法である。その後で結合するため、干割《ひわ》れがなく、歪みもなくなるが、

——木から仏が現れる。

という感性で彫っている仏師にとっては、仏像の形をしたものを頭からかち割るという作業には抵抗があった。ゆえに、よほど職人に徹した者でなければ選ばなかった。

それに対して、寄木造は初めから、別の板を接合した上で、部位ごとに彫っていくため、接合や剝《は》がしが比較的容易《ようい》で、仏像に楔を打ち込んで割るという罰当《ばちあ》たりなことはせずに済む。しかも、一木造で巨大な仏像を作るには、樹齢何百年もの大木が必要なわけだが、寄木造ならば似たような材質の木材を組み合わせることによって、しぜんに造像することができるのだ。

　だが、在家の床《とこ》の間《ま》や仏壇に飾るような小さな仏像は、一木造に拘《こだわ》る仏師は多かった。古より、仏像を刻む木のことは〝御衣木《みそぎ》〟と呼ばれていた。木そのものが仏だと考えていたから、仏が現れるという感覚があったのである。

　ゆえに、仏師たちは一木造に限らず、必ず彫る前に、木材に御衣木加持をしたという。万吉もその祈禱《きとう》をした痕跡があった。方法は幾つかあるが、真言密教《しんごんみっきょう》の護摩焚《ごまた》きのような小さな仕掛けが残されていた。

　兼円がそっと近づくと、万吉の前に立っている阿弥陀如来立像は、ほとんど完成に近く、後は磨きをかけるくらいでしかない。

「——万吉さん……これ、どないしたんですか……」

　問いかける兼円の声が耳に入っていないのか、仏像に向かっている。一心不乱とはこのことかと思えるほど集中した姿だった。

　仏像にするに相応《ふさわ》しい木を取り出して、粗彫りをしてから、一月《ひとつき》くらいは乾かさなければ、次の工程に入れない。どうしても歪みや擦れが生じるからである。人間と同じくらいの大きな仏像になれば、一年から一年半、一丈を超えるものは数年も乾燥させる。

　むろん、その手間を省くために内刳りの手法があるのだが、万吉がそれを施した跡はみじんもない。つまり、丸のまま一木造に徹しているのである。

工房には一木造に相応しい木曾《きそ》や丹波などから取り寄せた檜《ひのき》が、仏像にするために乾燥させて保管してある。万吉はその中から、自分の好みの一本を選別して、せっせと彫っていたのであろう。

だが、昨日来て、夜通しやってもできる作業ではない。少なくとも一月や二月はかかるものである。それをたった一晩で彫るとは到底《とうてい》思えない。

「これ、万吉さん……その阿弥陀如来は、どないしたんですか」

もう一度、兼円が訊くと、万吉は昨日とは違って、まさに仏のような穏やかな顔で、ゆっくりと振り返った。

「造ったんだよ」

「万吉さんが……ですか」

「他に誰がいるんだ」

仏像を崇《あが》めるように眺めながら、眩しそうな目になった万吉は、

「ようやく出てきてくれた……お目にかかることができました……」

と愛おしそうに撫《な》でてから、恐れ多そうに身を引いた。

「まさか、一晩で造らはったんですか」

「ああ……月明かりに導かれるようにな……兼円さん。あんたの弟子は、ええ腕の人ばかりやな……昼間、見ていてつくづく、そう思った。見ているうちに、儂の腕がぴくぴくしてきてな……ぶらりと入ってみたら、月光が綺麗に射し込んできてて、一本の木材を照らしよるがな」

万吉は説話でも語るように、目を細めて言った。

「その月光に導かれるように木材を手にしてみたら、なんや痺れるような感じがしてな……彫ってくれえ、彫ってくれえ……と何処からか声が聞こえてくるのや」

「ああ、それで、その檜を……ええ、凄いええもんでっせ」

兼円が当然だというふうに頷くと、万吉も満足そうに微笑んで、

「明け方になって、ようやくお日様みたいな仏様の顔が現れてくれたのや。ありがたいことだ、ありがたいことだ」

と手を合わせた。

「それにしても、万吉さん……たった一晩で造るなんてことは、そりゃ無理な話ですよ。たしかに、その檜は充分、造像に相応しいくらい乾燥してますし、質が良い物ですが、幾ら何でも、そんなことは……」

少しばかり疑う目になって、兼円は阿弥陀如来立像に近づいた。

大きさは二尺半ほどある。いくら〝根詰めて〟彫ったといっても、不可能なことだ。兼円の驚きは当然だった。

「儂が彫ったのやない。仏様が出てきてくれたのやがな」

「そう言われてもなあ……」

俄に信じられないと、兼円はさらに訝しがった。同じ仏師ゆえ、仏様が現れるという気持ちは分かる。だが、奇跡でも起こらない限り、完成するには如何《いか》にも早過ぎる。

「かの円空《えんくう》さんかて、一晩どころか、四半刻で造ることもあったと聞いてるけどな」

「――円空仏とはまた違うでしょう……」

円空は寛文から元禄《げんろく》の世に活躍した僧侶であり、白山《はくさん》信仰をした修験者《しゅげんじゃ》であり、仏師であった。生涯、諸国を流浪《るろう》しながら、十二万体もの仏像を彫ったと言われている。

当初は美しくも平凡な仏像を造っていたが、しだいに彫刻刀の跡を残したようなガサツな表現のものが増え、独特の怒ったような顔つきの仏像が多くなった。

だが、伊勢に旅して大般若経《だいはんにやきよう》に出会った後は、すべてニコニコと笑ったような仏像になっている。涅槃《ねはん》の境地を悟ったのであろうか、見る者の心が癒される、実に微笑ましい仏像ばかりなのだ。

残されている仏像の莫大《ばくだい》な数から見ても、一日、数体も彫ったことになる。もちろん、落ちている木の枝や箸にでも彫ったというから、実際の数は分からない。それにしても、早彫りであることは間違いなかった。

「ですがね、万吉さん……あなたが彫ったこの阿弥陀如来は、円空仏とは比べものにならんくらい丁寧で繊細……まさに平安から続く康尚や定朝などを引き継ぐ仏様どっせ」

「そう言うてくれるのはありがたいが、本当に仏様が自《みず》ら出てくれるのや。仏様の姿形は、〝三十二相、八十種好〟あると言われるけども、儂はそんな顔なんて分からない。しぜんに出てくるとしか、言いようがないのや。仏様が自分で木屑を払いながら、顔や姿を儂らの前に、出して下さるのやな」

万吉は謙遜《けんそん》ではなく、本当にそう思っているようだ。

「誰だったか、偉い坊さんが、『人として生まれたからには、たったひとりだけ出会わなければならない人がいる。それは、自分自身や』……そんなことを言うてた」

「自分自身、でっか……」

「若いときは、彫ったら自分自身に会えるのかなと思っていた。けれど、彫っても彫っても、自分が誰かなんか分からない。なんで、この世に生を享《う》けたかも分からない」

「……」

「でも、だんだんと仏さんが現れてくるのが、楽しみになってきてな……そのために彫ってるようなものかもしれんなあ」

しみじみと語る万吉を見ていて、兼円は思わず膝を叩いた。

「やはり、あなたは栄泉先生のお弟子さんに違いない。私にとっては兄弟子や」

万吉はもう兼円の話などは聞いておらず、目の前に現れた阿弥陀如来を、眩しそうに眺め続けている。

「栄泉先生も、同じことを言うてましたわ。仏を彫るのは、自分自身に会うためや……自分の中に仏が住んでいることに、気づかせてくれる唯一《ゆいいつ》の仕事が仏師やと」

朝日がしだいに高くなってきて、まるで後光のように煌《きら》びやかに広がり、阿弥陀如来の背後から照り輝いた。

思わず兼円は手を合わせたが、目を閉じることはなく、間近にある阿弥陀如来の表情や印相を見つめていた。人差し指と親指を丸めた手は、真理を指し示しているように見える。

さらに朝日が神々《こうごう》しくなってきた。

今し方、雨滴が垂れていた軒先が、晴れやかに明るくなるのと同時に、兼円の胸の中にも温かいものが広がっていった。

六

その二日後、『咲花堂』を兼円が訪ねてきた。

てっきり、万吉の仕事ぶりを聞けるのかと思った綸太郎は、意外なことに驚いた。なんと、阿弥陀如来立像を彫ったその日のうちに、姿を消したというのだ。

「いや、ほんまめったに見ることのできない、私でもできんような立派な仏像を彫ったんですわ。でも、それから、ぼんやりと空を眺めたり、弟子たちの作業を見るともなく見ていたんですがね、ふいにいなくなったんです」

「なんで、また……」

綸太郎が案じると、兼円も心配そうに、

「分かりまへん。近くの寺院を訪ねたり、嵐山を散策してるのかなと思てたんですが、帰って来ないので、みなで探し廻りました」

「……」

「でも、何処にもおらしまへん……たまたま東へ向かって歩いてるのを見かけた人がいたもんで、もしかしたら『咲花堂』さんに舞い戻ったのかなと思うて来てみたんですわ」

「いいえ。帰ってまへん。何処へ行かはったんですかな。元々、放浪癖はあったようで、素性《すじょう》もよう分かりしませんしな」

呆れたように綸太郎は眉《まゆ》を垂れたが、兼円は首を横に振って、

「それが、どうやら栄泉先生の弟子だったというのは本当らしいのや」

と造像するときの集中した姿や、師匠から受けた教えを熱心に語る様子などを伝えた。綸太郎も感心して聞いていたが、

「それなら、ずっと兼円さんの所に居着いてもよさそうなのに、おかしなことですな」

「飽きっぽいのとは違うんです。なんちゅうか……憑依《ひょうい》するというかね。たった一晩で、その阿弥陀如来立像の倍の大きさのもんを造ったんですから……あり得まへん」

店に飾られている阿弥陀如来立像に、兼円は目を移した。

たった一晩で造ったことには、綸太郎も驚くばかりであった。仏師が彫るところを何度も見たことがあるが、神経が磨り減るくらいの丁寧な作業である。たしかに一心不乱という言葉が相応しいが、兼円が言う憑依という言葉も当てはまる。それは、どのような物作りの職人でもそうであろうが、仏を造るのは特別であった。

「まったく私にも当てはありまへんが、こちらでも探してみまひょ」

綸太郎が溜息混じりに言ったとき、店に目明かしの平七が入ってきた。後ろから、京都東町奉行所番方同心の御所水も顔を出した。

「困ったもんやなあ、ご主人さん」

いきなり平七は恫喝《どうかつ》するような言い草で、

「隠し事はあきまへんで。泥棒を庇《かぼ》うたら、庇うた奴も同じ罪に問われることがある。承知してるやろ」

と目尻を上げて詰め寄った。

「何の話です」

「惚けても、今、聞かして貰《もろ》うた。万吉というのやな、あの泥棒は……その泥棒を、『咲花堂』で匿《かくま》って、仏師の兼円さんに預けた。これは立派な罪でっせ、ご主人さん」

「……」

「この前、お内儀に尋ねたら、そんな人は知らないとはっきり言うたけども、こっちも十手を預かる身なもんでね、後を尾けましたのや……そしたら、角倉屋敷に行き、その後で、兼円さんの所まで、何やら着替えとか食べ物とかを持っていきました。わざわざ、嵯峨野の方まで」

後ろで聞いている御所水もいつもながら、曰くありげな顔で、苦笑を浮かべている。何か綸太郎に恨《うら》みでもあるのかと思えるほどの、嫌らしい目つきである。

その眼光を笠に着たように、平七は続けた。

「調べてみたら、角倉様とは遠縁に当たるだけだそうでんな、お内儀は……ま、その話はええけども、この十手に嘘をついたんですから、オトシマエをつけて貰いまっせ」

「何をどうつけると言いなさるのや」

「本当は、何処かに隠してるやろ、万吉とかいう泥棒を」

「知りまへん」

「――お内儀にももう一度、尋ねてみたいんで、出てきてくれますか」

「今日も角倉に行ってます。商売のことも色々と学びたいのやと。形ばかりとはいえ、角倉から嫁に出されたことになってますんで、実家も同然だす。けれども、彩華の亭主は私でっさかい、女房のことなら私に何なりと尋ねて下さい」

庇うように綸太郎が言うと、のっそりと御所水が顔を突き出してきて、

「あいつはな、綸太郎さんよ……ただの盗っ人と違う」

「どういう意味でしょう」

「人殺しや」

「えっ……まさか、それはほんまですか」

綸太郎は驚いたが、兼円はもっと衝撃を受けて声を発した。

「嘘でしょ、御役所の旦那。人を殺《あや》めたような咎人が、あんな美しい阿弥陀如来立像を造れるはずがありまへん」

確信をもって、兼円は訴えた。だが、御所水はニンマリと口元を歪めて、

「そんなことは関係ない。いくら凄い仏像をこさえても、上等な刀を叩き上げても、人の心には魔物が棲んでる。その魔物が何かの拍子に出てきたら、誰でも恐ろしいことをするのだ。それが人間というものだ」

「いや、そう言われても……」

兼円は頑《かたく》なに、万吉が人殺しをするような人間ではないと言い張った。それほど、たった一晩で仏像を彫り上げた、神々しい万吉の姿が忘れられなかったのである。

だが、御所水と平七が納得しないのにも、一理あった。

洛中洛外の色々な店に頻繁《ひんぱん》に盗っ人が入っていたのは事実である。しかも、〝鞍馬の天狗党〟の噂も相まって、盗みに入られた店の者たちは恐怖に震えて言いなりになったというのだ。

「その盗っ人が万吉さんだという証はあるのですか」

綸太郎が拒《こば》むように言うと、御所水は「分からぬ奴だな」と顔を顰《しか》め、平七に人相書を出させて突きつけた。

「十人が十人とも、この男だと言うておる。しかも、殺された両替町通《りようがえまち》の『松乃屋《まつのや》』という両替商の女房も、たしかにこいつだと話してるのだ」

十手で人相書をポンと叩いて、さらに険《けわ》しい顔になった御所水は恫喝するように、

「これ以上、四の五の言うと、おたくの店の中も改めねばならぬぞ」

と睨んだ。

仕方がないというふうに、綸太郎は頷いた。

「どうぞ、好きにして下さいまし。正直言うて、私には万吉さんを庇う理由も縁《ゆかり》もありまへんから。ご随意に」

「そうか。ならば……」

土足のまま奥に行こうとする御所水に、綸太郎は丁寧に、

「せめて履《は》き物くらい脱いで下さいまし。うちが泥棒をしたわけじゃなし、後片付けも大変なので、土足は勘弁して下さいまし」

御所水が少し逡巡《しゅんじゅん》したとき、平七の方が物事を弁《わきま》えたように助言した。

「旦那……出直しましょう」

「なんだ。『咲花堂』が怪しいと言ったのは、おまえではないか」

不機嫌《ふきげん》に振り向いた御所水に、平七が目配せをすると、表通りに天山丸がのっしのっしと歩いて来ているのが見えた。

本阿弥家の直系であることを、鼻に掛けている。今日は、大津絵の紙子襦袢《かみこじゆばん》に小袖と小紋の羽織を〝片肌〟脱ぎのような格好で着ている。これが近頃の粋《いき》らしいが、天山丸のような大柄なのがやると、着物の丈《たけ》が短くて合わないだけに感じる。

「おう、御所水じゃないか」

前々から偉そうな天山丸だが、仮にも役人を呼び捨てにするとは何事だとばかりに、御所水は眉間《みけん》に皺を寄せた。

「なんだ、その面《つら》は」

「あ、いや……なんでもない」

まるで天敵に睨まれたように、御所水は逃げるように外に出た。殊《こと》に、伊勢神宮の御神刀騒動からバツが悪いのか、頭が上がらないのだ。平七も軽く頭を下げて立ち去った。

「何かあったのか、綸太郎」

「いえ、大したことではありませんよ」

「そうか、ならいいのだがな……ところで、ここに万栄《まんえい》という仏師が立ち寄ったと小耳に挟んでな」

「万栄……いえ、来てませんが……」

綸太郎は首を傾げたが、兼円の方がすぐに万吉のことではないかと気づいた。『咲花堂』に来た物乞い同然の万吉のこと、仏像を造った顚末《てんまつ》のこと、そして御所水から人殺しの疑いがかかっていることを話してから、

「天山丸さんは、万吉のことを知っているのか」

と尋ねた。

「随分昔に我が家に一月ほど逗留《とうりゆう》したことがある。鷹峯の薬草園の奥にある別邸の離れだが、そこを工房にして、ある寺のために大日《だいにち》如来を造ったのだ」

「そうなので……」

「俺もまだ十三、四のガキやったから、ぼんやりとしか頭に残ってないが、なんや神々しいというより、得体の知れない怖い感じがしてな……俺は身震いしたのを覚えてる」

「私はつい二、三日前に、雷に打たれる思いがしました」

兼円は改めて、同じ仏師としての驚きを伝えると、天山丸は首を横に振り、

「いやいや。兼円さん、あんたの仏は本物や。けど、万栄の仏像はありゃ紛《まが》い物だぞ……と、俺の親父は言うておった」

「えっ、そうなので……?」

「ああ。たしかに見た目は素晴らしいがな、仏の中に邪気が宿っているとかでな。だから俺は怖かったんだろうなと、今でも思う」

「まさか、そんなことは……」

首を横に振って、兼円は庇うように、

「でも、それから三十年も経《た》っているのだとしたら、腕も上がったのかもしれへん」

「いいや」

天山丸は真剣なまなざしで、

「万栄はそのとき、こんな話をしたのや」

と声を潜《ひそ》めつつも、綸太郎にも聞こえるように言った。

「自分は人を殺したことがある。そやから、仏を造るしか生きる道はないのや、とな」

静かだが、天山丸の野太い声は、妙に胸に震わせる響きがある。その話を綸太郎は俄に信じることはできなかった。天山丸は親族一党の中でも、〝法螺《ほら》吹き〟として通っているからである。

人を騙《だま》したり陥《おとしい》れたりするものではない。なぜ、つまらない嘘をつくのか分からない。己を偽るためでもない。ただ、人が法螺話を聞いて信じる姿を見て楽しむ性癖が、子供の頃からあると、親戚の者から聞いたことがある。

「――なんや綸太郎、その目は……」

天山丸が突っかかろうとすると、綸太郎はまた首を傾げて、

「万栄という人の名も私はまったく聞いたことはありまへんが、なんとなく叔父《おじ》上《うえ》の話で分かったような気がします」

「叔父じゃないと言ってるだろ」

「では、天山丸さんは、どうして万栄のことを思い出したんですか」

「え……」

少しばかり困惑《こんわく》した目になった天山丸を、兼円ももっともだと感じたのか、詳しく話を聞きたいと促《うなが》した。

「いや、それはやな……ええと……夢に現れたのや」

綸太郎はもう一度、理由を尋ねてから、店に飾っている阿弥陀如来立像を指して、

「あれが長勢作だと持ち込んできたのは、叔父上でしたよね」

「え……そうだったかな……」

「残念ながら、本物です。実によくできた贋作に見えましたが、俺が調べたところでは、ほんまもんです」

「嘘……！」

驚いた天山丸だが、シマッタと口を塞《ふさ》ぎ、素知らぬ顔をした。

「やはりね。それで分かりました」

「何がや」

不安げに訊き返す天山丸に、綸太郎はニコリと微笑んで、

「栄泉というのは、如来、菩薩、明王……なんでもござれの贋作集団だったのですね。それを叔父上は百も承知だった。だから、万栄が逗留した頃に手に入った、この阿弥陀如来立像も贋作だと思った」

如来とは悟りを開いた仏像で、釈迦如来、阿弥陀如来、薬師如来、大日如来などがある。菩薩《ぼさつ》は如来になるために修行中の仏で、観音《かんのん》菩薩、十一面菩薩、地蔵菩薩、千手《せんじゅ》菩薩、弥勒《みろく》菩薩、普賢《ふげん》菩薩などがあり、怒りと慈悲《じひ》を持つ明王は不動明王、愛染《あいぜん》明王、孔雀《くじゃく》明王、降三世《ごうざんぜ》明王などがある。

特に如来像を得意としていたらしい栄泉は、悟りを開いた者の特徴として現れ

る〝丈光相《じょうこうそう》〟、〝梵声相《ぼんじょうそう》〟、〝真青眼相《しんしょうげんそう》〟など、如来らしい三十二相を丁寧に表現している。

その弟子であった万吉は、仏像の手の形である印相の造りなどに秘められた特徴から、師匠の作だと判断したのかもしれぬ。それほど、素晴らしい出来ということであろう。

「叔父上は、万栄こと万吉さんの噂をどこぞで聞いて、栄泉もどきの贋作集団を作ろうとしてるのと違いますか」

綸太郎が責めるように言うと、天山丸は俄に立腹した顔になって、

「人聞きの悪いことを言うな。誰がそんな……それより、これが本当に長勢のものなら、持って帰る。ええな」

と不躾《ぶしつけ》に仏像に触れようとした。ピリッと痺れが走ったため、天山丸は思わず手を引っ込めて、しかめっ面になった。

「なんや、これ……痛い痛い……」

今で言えば〝静電気〟が走ったのであろうが、当時は罰が当たったと感じていた。

「叔父上、罪滅ぼしにちょっと手伝ってくれまへんか」

「な、何をだ」

「人助けと思うて、よろしゅうおすやろ」

「おまえのことだ。またぞろ悪いことでも企《たくら》んでるんじゃないだろうな」

「まさか。叔父上には到底、敵《かな》いまへん。兼円さんもお願いします」

曰くありげに微笑む綸太郎を、兼円も訝しそうに見ていた。

七

無精髭に泥だらけの着物姿で万吉が見つかったのは、さらに数日後のことであった。今度は、祇園の料理屋にこっそりと盗みに入ったところ、店の板前に捕まって、そのまま御役所に引き渡されたのである。

直《ただ》ちに、東町奉行所の牢《ろう》部屋に留められ、お白洲《しらす》にかけられる前に、公事方《くじがた》与力の神沢弥十郎《かんざわやじゅうろう》が立ち会いのもと、御所水自身が取り調べていた。神沢は品格のある面立《おもだ》ちで、静かに見守っている。

「正直に申せ。でないと、痛い目に遭うことになるぞ」

威厳をもって御所水は、背中を丸めて土間に座っている万吉を責め立てた。殺された両替商の女房の証言をもとに、執拗《しつよう》に問い質《ただ》された万吉は、ぼんやりと他人事《ひとごと》のように聞いていたが、とうとう白状した。

「へえ。私がやりました」

「腹や胸などを数ヶ所、刃物で刺した上で突き飛ばしたため、頭を打って失神した。その傷が因《もと》で、翌朝、亡くなったのだ」

「さいですか……」

「申し訳ないの一言もないのか。それでも、仏を彫っていた男なのか」

「仏の前では、善人も悪人もありまへん」

「なんだと」

「親鸞さんかて、そう言うてるやないですか……でも、この世で犯した罪は罪。きっちり償《つぐな》います。ほんまに悪うございました」

人を食ったような態度に、さしもの御所水も苛立ちが増してきたのか、

「ふざけるな」

と怒鳴りつけた。それでも、万吉は半ば虚《うつ》ろな目をしたまま、詮議所《せんぎじょ》の壁やら天井をちらちらと眺めていた。その落ち着かない様子に、御所水はさらに腹が立って、

「とんでもない極悪人だな。おまえのような輩は、たとえ親鸞でも許すまい。永遠の餓鬼《がき》地獄に落ちるがよい」

「はい。生きてるのも地獄でした。なんぼ仏さんを彫っても救われることはありませんでした。ほんの一瞬だけ、眩しい光の中で心地《ここち》よくはなりましたが、しばらくすると闇黒の中に身が沈んでいき、藻搔《もが》き続けておりました。それは私だけではなく、旦那《だんな》方もそうだと思います」

万吉はまるで修行僧のように話したが、御所水の耳には入っておらず、

「御託を並べるのはもうよい。おまえは死罪だ。せいぜい、あの世で仏様にひたすら謝るがいい。無駄だと思うがな」

と冷たく言い放って、裁決は公事方与力の神沢に任せた。後は町奉行に委《ゆだ》ねられ、結審することであろう。神沢も同情の余地はないと判断し、引き続き吟味《ぎんみ》をしようとしたときである。

裃《かみしも》姿の東町奉行の牧丹波守義珍《まきたんばのかみよしたか》と一緒に、綸太郎が入ってきた。牧丹波守は、江戸城西の丸の御小姓《おこしょう》を務め上げ、幕府目付を経《へ》て京都町奉行となった。後に、徳川一門の田安《たやす》家家老や江戸城留守居になるほどの人物である。偉丈夫《いじょうぶ》で貫禄《かんろく》があり、ギラリと人を威圧して光る目つきは、町奉行というより盗賊の頭《かしら》にす

ら見えるほどだった。

　すぐさま、神沢と御所水は控えて上座を空けたが、牧はただ立っているだけで、綸太郎に話をさせようとした。

「これは、どういうことでございますか」

　御所水は恐縮しながらも、納得できないという顔で尋ねた。だが、神沢は承知していたのか、御所水を制して、綸太郎に陳情を申し述べるよう誘《いざな》った。

「畏《おそ》れながら申し述べます」

　綸太郎は下座にて一礼すると、神沢と御所水に向かって、

「その男、万吉は、栄泉という仏師の弟子で、かつては万栄という名で、主に在家のための如来像を造っておりました。人を殺せるような人間ではありません」

と断言した。

「しかし、殺された両替商の女房が話しておる。この人相書のとおりだとな」

　思わず御所水が言うと、綸太郎は違うとはっきり首を振り、

「その話を聞いて、私も自分なりに調べておりました」

「ほう。いつから、番方同心になったのだ」

「そんな大それたつもりではありまへん。ただ私も、兼円さんに、万吉さんがた

った一晩で造った仏像を見せて貰ったら、あんな凄い物を作る人が、殺しはせえへんと確信したんでございます」

「どうして、そこまで言い切れるのだ」

「試しに、万吉さんが造った阿弥陀如来立像を、私の小太刀《こだち》で切ってみたのです。備前のそれなりの業物《わざもの》です。しかし……小太刀の方が折れてしまいました」

「なんだ……？」

「阿弥陀如来立像の中には、仏師の魂が込められ、ほんまもんの仏様が入っておられるという証でございます」

淡々と訴える綸太郎に、御所水は呆れ果てたように溜息をついて、

「――話にならん。女房共々、頭がおかしいのか」

「嘘だとお思いでしたら、御所水さんも試して下さいまし」

「あほくさい……お奉行。何故《なぜ》、こんなしょうもない嘆願《たんがん》のために、わざわざ詮議しなければならないのです」

「控えろ、御所水。私自身が、試した」

牧丹波守が低い声で言うと、御所水は「えっ」と驚きの顔になったが、訝しげに首を竦《すく》め、恨《うら》みがましい目で綸太郎を見た。

「私のことも疑うか……上条綸太郎の女房、彩華が、角倉玄匡殿に、万吉の仏像のことを話したら、すぐにでも見たいと嵯峨野まで赴《おもむ》き、一目で気に入って、二条屋敷に運ばせた。それほどのものだ」

「そ、それほどのものって……」

御所水は納得できない表情で、牧を見上げると、綸太郎は微笑を浮かべた。

いくらなんでも、木材でできた仏像を鍛造《たんぞう》した刀で切れないわけがない。だが、そこは天山丸と兼円に頼んで、木造に見せかけた金属の阿弥陀如来立像と入れ替えて、牧丹波守を引っ張り出すために、一工夫したのだ。

万吉の仏像の凄さに、牧丹波守は浄土教に帰依《きえ》している篤信家《とくしんか》であるから、心底、驚いた。阿弥陀如来像の威力を肌で感じた。ゆえに、従前より綸太郎とは知り合いだったとはいえ、此度《こたび》の一件に奉行直々、関わることになったのである。

御所水はやはり承服しかねるようだが、綸太郎は説得し続けた。

「角倉様のご先祖は、私の祖先と一緒に嵯峨本を作ったほどの審美眼がある御仁です。その御方の血が流れているのでございましょう。見てすぐ、ほんまものやと分かったのでしょう。どうでも、うちで引き取ると聞きまへんでした」

「……」

「本当なら、兼円さんが手本のために、自分のもとに置いておきたかったらしいですが、角倉様がどうしてもと」

「だからといって、そこな万吉が人殺しでないという何の証にもならんではないか」

意地になって御所水は言ったが、それはもっともだと綸太郎自身が頷いた。

「ですから、調べてみたのです……万吉さんが、兼円さんの工房を出てからの行いは、概《おおむ》ね分かってきました」

「そんなことは、こっちも承知しておる」

「まあ、聞いて下さい」

綸太郎は牧丹波守にも目顔で頷いてから、丁寧に話し始めた。

「京の都は美しゅうて華やかですが、その一方で、河原を寝床《ねどこ》にしてはる人、神社仏閣の裏に潜むように寝泊まりしている人、日銭を稼ぐためにだけ町中に出てくる山に住んでる人もおります」

「まあ、そうだが……」

「悲しいけれど、それが現実です。まるで何百年も前の応仁の乱の時のような、餓鬼に溢《あふ》れたような所も、錦繍《きんしゅう》の如《ごと》く美しい町の裏にはあるんです。そやさかい私も、なんとかならんものかと、牧丹波守様に前々から、相談しておったのです」

貧民対策を願っていたのは、実は綸太郎の父親の雅泉である。これまでも、綸太郎は諸国を旅したり、江戸で暮らしたりしたが、決して裕福な御曹司《おんぞうし》の気紛《きまぐ》れだけではない。どうやれば、書画骨董が人々を救うことができるのかと、ずっと考えていたのだ。

綺麗事ばかりの世の中ではない。が、刀剣も書画骨董も、茶道にしろ能楽にしろ、仏像造りや庭造りにしても、とどのつまりは貴族や武家の趣味趣向であって、今日の飯も食えない人には関わりのないことだ。美しいものや人生の機微などを語る人々がいる一方で、まさに餓鬼地獄のように暮らしている人々がいるのも事実である。

綸太郎はこれまでも自分なりの人助けをしてきたつもりだが、それは陰徳《いんとく》を積みたいという〝欲〟に他ならなかった。陰徳を積めば、自分にも良いことが起こると期待してのことにすぎない。

「ですが、御所水さん……仏師だけは違うのです。他の物作りの職人や芸に秀《ひい》でた人とは違う、まさに仏心、つまり慈悲が備わっとるのどす。その万吉さんは人殺しはしてまへん」

「……」

「かように薄汚れた格好をしているのは、そうした今日、生きることすら辛い人と一緒に過ごすことが、万吉さんの仏像造りの支えなんです。そして、そのような人々と共にいることが、まさに仏様の思し召《おぼめ》しなのです……この数日、万吉さんは鳥辺野《とりべの》におりました」

鳥辺野とは葬送地である。遠い昔、京では、人が亡くなると遺体を野ざらしにしてあの世へ見送る風習があった。しぜんと朽《く》ちるに任せたのである。これは江戸時代の初期にもあって、かの〝生類憐《しょうるいあわ》れみの令〟が出るまで、川に流れてくる遺体すら放っておいたとも言われている。〝生類憐れみの令〟は決して悪法ではなく、いわば行き倒れの処置法であった。

「都の町中から追いやられるように来ている貧しい人々と、万吉さんは一緒にいたんです。ですから、両替町通の『松乃屋』という店には行っておりまへん。鳥辺野に住み着いてる人に、私は聞いてきました」

「――馬鹿馬鹿しい。そいつらが仲間かもしれないし、鳥辺野こそが盗っ人や人殺しの〝巣窟《そうくつ》〟かもしれん」

「そんなことはありまへん。ですが、下手人《げしゅにん》が隠れていることは考えられます。本当の下手人は、そろそろ平七さんが捕まえて来て下さるのでは、ないでしょうか」

「なぜ、そう思う」

「平七さんは、御所水さんと違《ちご》うて真実を見極める目利きができるからです」

「な、なんだと……バカにしてるのか、おまえは」

「菓子屋や両替商などに押し入った賊の人相書など、本当はあてになりまへん。もし、両替商を殺した下手人が万吉さんならば、無精髭はそんなになかったはずです」

「……」

「しかも、両替商の奥さんは、頭は町人髷《ちょうにんまげ》やったと話してました」

　綸太郎が説明している間、万吉は黙って聞いていたが、何がおかしいのか声を殺して笑った。やがて、異様な甲高《かんだか》い笑い声になって、ガハハと体を仰《の》け反《ぞ》らせた。

「何がおかしいのだ、万吉」

　神沢が声をかけると、万吉は喉の奥をひいひいと鳴らしながら、

「これが笑わずにいられましょうか。本人でない者たちが、勝手にああだこうだと言い合っているのが、なんとも滑稽《こっけい》で……」

「ならば、おまえの口から申してみよ」

「儂が何を話したところで、誰も信じてはくれますまい。ええ、仏様だって、自分が述べたことを、色々と曲がった捉《とら》え方をされて、当事者でないのに、これが真実だこれが本物だと御託を並べる。そうやって宗派がいくつもできてきた。愚かなことや。そんなに仰山、真実があってなるものか」

万吉は、自分が彫り出した仏こそが真実であると、信じているのかもしれない。だが、現世の罪は罪と自分で言ったのだ。きちんと説明せよと、今度は、牧丹波守が命じた。

両手を土間に突いてから、万吉は恐縮した顔で、牧丹波守を見上げた。

「あなた様には後光がさしてます。本当のことを、お話し致します」

薄汚れた万吉の横顔を、綸太郎も見つめていた。

「儂は丹波の山奥にある小さな村に生まれた、百姓の小倅《こせがれ》です。親父は死んだのか、何処ぞへ出稼ぎにいったままなのか、生きている間に、おふくろはついぞ話したことがありまへんでしたわ」

「母ひとり子ひとり、ということか」

神沢が確かめるように訊くと、万吉は素直に頷いたものの、また不思議な苦笑いを浮かべながら、

「おまえは仏様の子や。そやさかい、人様の役に立つ子になれよ……というのが母親の口癖でした……でも、それは言い訳で、何処の誰が父親かは分からなかったのだろう。つまり、春をひさいでたような女なんです」

と静かに言った。

「五つ六つのませたガキになれば、なんとなく、その胡散臭《うさんくさ》さを感じる。儂は母親のそんな姿を障子越《しょうじご》しに見たことがありました。おそらく母親も気づいて、儂の責めるような目つきに苛立ったんでしょうな……『なんや、その目は』と儂を殴る蹴るの毎日でした。時には、炭火を体にあてがわれたり、熱湯をぶっかけられる……悲惨な日々に逃げることばかり考えてましたわ」

綸太郎も啞然と聞いていた。母親から虐待《ぎゃくたい》を受けた万吉の気持ちは、当人にしか分からない傷として深く残っているに違いない。かける言葉もなかった。

「ある日、大雨が何日も続いて、土砂が崩れ、川が氾濫《はんらん》しました……儂の村もあちこちで山肌が剔《えぐ》られるようになって、うちの目の前の川も驚くほど増水して

……母親と儂は川に流されそうになりました」

川辺にしがみついていた母親の手を、万吉はしっかりと握っていた。その重みを支えるのは、まだ十一、二歳の子供には無理だった。それを悟ったのか、母親は静かに、

「離しなさい……もういいから……あんたまで落ちるよ、早く」

と言った。

「初めて聞いたような、母親らしい言葉でした……儂はなんとか、母親を引き上げたい……そう思ってましたが、その時……なんでこんな奴を助けなきゃあかんのや。こんな奴は死んだ方がええ。もし生きられたら、俺はまた熱湯を浴びせられるかもしれんし、寝てる間に殺されるかもしれん……おまえなんか死んでしまえ……頭の中でそう思った瞬間、あっさりと手を離しました」

万吉は淡々と、誰かの話を語るように言った。

「あっという間に濁水に飲み込まれて、母親の姿は見えなくなった……すぐに溺《おぼ》れたんだろうな……ああ、よかったよかった……死んでくれてよかった……儂は心の中で、歓喜に噎《むせ》び泣きました」

それが偽りのない本音だと、万吉は吐露《とろ》してから、誰にともなく深々と頭を下

げた。

——母親を殺した。

という罪を背負って生きてきたと、万吉は言うのだった。

母親が死んでから、村の寺に小僧として預けられたが、万吉には修行に耐える根性も意志もなかった。念仏を唱えるのがせいぜいだったが、和尚《おしょう》はひょんなことから手先が器用だと知り、知り合いの仏師に預けた。そこから、栄泉の所へ流れ着いたのだという。

「彫っても彫っても……出てくるのは、見殺しにした、いや殺した母親の顔だけで……ようやく仏に出会えたのは、つい先頃のような気がする……」

綸太郎は、万吉の心の澱《おり》を掻《か》き寄せるように、黙って聞いていた。

「儂は人殺しなんだ……生きとし生けるものの命は繋がってる……そやから、両替商を殺した人の罪も儂にある……ひとりでも人を殺した奴は、千人殺した奴とも同じ罪なのや」

「それで、自分が罪を被《かぶ》ってもいいと思ったのか」

牧丹波守が呟くように言った。

「だが、それは間違いだ。殺しをした奴は、おまえが感じているように、死ぬまで罪を背負わねばならぬ。誰かが代わって、罪滅ぼしはできぬのだからな」

贖罪《しょくざい》のつもりで仏を彫り続けてきた万吉の気持ちが、綸太郎は少しばかり分かるような気がした。だからこそ、仏を造るということを、食う手立てにはしなかったのであろう。

そんなことを思ったとき、

「両替商殺しの下手人を捕らえました」

と平七が勢いよく詮議所に入ってきた。

一同が、穏やかな静かな顔で振り返るのを、平七は不思議そうに見ていた。

その夜——。

綺麗な月が浮かんだ。都の月はまた格別だと、彩華は見上げていた。

「ほら、旦さん。俯いてばかりおらんと、見上げてごらんなさいな。ほらほら」

行灯《あんどん》の明かりの下で、書見をしていた綸太郎に、縁側から声をかけた。

「いやあ、ほんま綺麗やわあ。大坂の月はなんや、白っぽいけれど、京の月は蜜《み》柑《かん》色して、温かい感じがしますなあ」

「そりゃ、その時によるやろ」

「そんな身も蓋もないことを言わんと、ほらあそこ」

と人差し指を向けた。

その指先を、近づいてきた綸太郎がまじまじと見ていた。気づいた彩華は、

「どこを見てるんです。ほら、空を」

「綺麗な爪してるな」

「はあ？」

「いや、なに。仏像を見るとは、こういう指と同じもんやと、兼円さんに言われてな」

「えっ……」

「仏像は、おまえのこの指が、遠くの月を指しているように、仏の真理を指しているのやとな。そやさかい、仏像だけ見てても、月は見えんちゅうこっちゃ」

「なんのこっちゃ」

彩華はどうでもいいと笑って、

「あ、そうそう。その阿弥陀如来様ね、叔父さんが買《こ》うてくれました」

「叔父……天山丸が」

「へえ。旦さんにあれを売ったときの倍の値段で売れました。本物の長勢だったら、百両ででも売れると言わはって」

「ほんまに売ったのか」

「あかんかったですか。少しでも儲けないと、暮らしてけまへんよ」

「しかし、あれは叔父が言うたとおり、栄泉が造った贋作で……そんなもん百両で人に売ったら騙《かた》りやないか」

「欲しい人の値で売るのが骨董の値打ちとちゃいますの」

にっこりと微笑んだ彩華は、また空を指さして、

「ほら、お月さんも、ええこっちゃと笑《わろ》うてはるわ。明日はどこぞで美味《おい》しいもん、一緒に食べまひょうな」

と屈託《くったく》もなく言う。綸太郎も思わず、

「そやな……ええもん食おか」

悟りもなければ懺悔《ざんげ》もない、穏やかな気持ちで頷くのであった。

第四話　散るか舞扇《まいおうぎ》

一

真っ赤に燃える炭火の上で、飴《あめ》のように折り返される溶鉄《ようてつ》が、金槌《かなづち》に打たれて爆《は》ぜる。火花が血飛沫《ちしぶき》のように舞い、妖《あや》しげな湯気が広がる。鞴《ふいご》の音も混じり、まるで能の鼓《つづみ》と笛のような重厚な拍子で、槌音《つちおと》が響き渡っていた。

薄暗い鍛冶場《かじば》の火床《ほど》には、煮え湯を浴びるような緊張の中、白装束《しろしょうぞく》の刀鍛冶ふたりが黙然《もくねん》と熱い鉄を打っている。ひとりは〝横座《よこざ》〟という刀匠で、その合図によって大槌を振るっているのが、〝先手《さきて》〟と呼ばれる者である。まさに相槌《あいづち》を打つふたりの連携によって、〝鍛錬《たんれん》〟が上手くいくのだ。

〝鍛錬〟とは鋼を折り返して鍛えることで、中にある不純物を取り除き、硬さを均一にして、刀の強さを増す大切な作業である。今でいう脱炭《だったん》の工程のことで、硬いけれど脆《もろ》いものから靭性《じんせい》を増すのである。〝鍛錬〟がきちんとできていないと、なまくらな刀になってしまう。

刀の材料である玉鋼《たまがね》の産地に拘《こだわ》り選別するところから始まり、玉鋼を精錬するための〝折り返し〟と続く。刀の形にしてゆく〝素延《すの》べ〟に〝火造り〟、鋒《きっさき》を落として、〝焼き入れ〟をする。〝焼き入れ〟しだいで、刀の姿である反《そ》り具合や刃文《はもん》の美しさが決定づけられるのだ。

さらに〝鍛冶押《かじおし》〟をして刀を整え、〝銘切《めいき》り〟によって刀匠の名を刻み終えるまでの一連の流れは、単に作刀というだけではなく、ひとつの奉納神事でもあるのだ。

その様子を――。

上条綸太郎は作業の邪魔にならない所に離れて、圧倒される思いで眺めていた。

今ひとり、弟子なのか、やはり白い被《かぶ》り物に浄衣《じようえ》を身につけた者が、薄暗い片隅に座って、食い入るように見ている。

長方形に伸ばされた玉鋼は赤黒く、湯気が出ているが、青光りする刀になるとは、到底《とうてい》、思えない。ただの鉄鋼の塊《かたまり》に過ぎない。これを折り返す切り方によって、〝一文字鍛え〟や〝十文字鍛え〟という曲げ方があって、鋼の状態を見ながら、刀匠が鍛えていくのである。

真っ赤な溶鉄の塊を、カンコン、カンコンと打ち続ける様は、まったく躊躇《ちゆうちよ》や淀《よど》みがなく、微妙な狂いもない。玉鋼を折り返す作業は、わずか十数回ほど繰り返すだけで、少しずつ刀の形になってくる。刃となる硬い皮鉄《かわがね》という部分の完成である。

一方、峰の部分となる心鉄《しんがね》というのは、数回の折り返し鍛錬で済むが、これがしっかりしていないと均衡《きんこう》が悪く、扱いづらい刀になるという。

この柔らかい心鉄と硬い皮鉄が〝造込み〟によって一体となることで、外は硬いが内側は柔らかいという性質に仕上がる。

——しなやかだが、よく切れる。よく切れるが、折れない。

という日本刀独特の強靱《きょうじん》さを備えた、精度の高い刀になるのである。

造込みの技にも、心鉄で皮鉄を挟み込んだり、さらに棟鉄《むねがね》を載せたりするものがあるが、この造込みの時に、刀の持つ特性や癖が出来上がると言われている。

つまり扱うものとの相性が決定づけられるのだ。

いくら名刀であっても、使う武芸者によっては、その優れた機能を発揮することができない。武芸者が悪いわけではない。相性が良いか悪いかということである。

〝焼き入れ〟の際の粘土や炭、砥石《といし》の粉などを焼刃に塗る作業も細やかな神経が要る。ここで失敗すると、刀匠が思い描いている刃文が浮き出てこない。この焼刃土が乾燥した後、火床で高温に熱した刀身を、頃合いを見計らって水に入れて冷やす。この時に、やはり刀匠の狙いどおりの反りが生じる。

鋼を鍛え、〝鍛冶押〟という研磨《けんま》をしたり、茎《なかご》にヤスリをかけ、銘切りをした後、最終の磨研《とぎ》は綸太郎がすることになっている。磨研の工程も十二ほどある。沸《にえ》と呼ばれる光の粒が濃淡《のうたん》を生み、様々な紋様で広がる。刀剣の美しさの醍醐味《だいごみ》が出現する瞬間だ。ゆえに、刀匠たちが精魂《せいこん》込めて、鉄の塊から一本の刀の姿にしてゆく過程を、じっくりと見ることが大切なのである。

一段落ついたとき、片隅で見ていた弟子らしき人影が動いた。ゆっくりと立ち上がると、黙ったまま深々と礼をして、そのまま奥の部屋に下がった。動きがしなやかなので、綸太郎は思わず、

「まるで女のような足捌《あしさば》きですな」

と声を洩《も》らすと、刀匠の山城宗周《やましろそうしゅう》が汗びっしょりの顔を拭《ぬぐ》いながら振り返った。

「――女ですがな」

「えっ……でも、鍛冶場には女人《にょにん》禁制のはずですが」

「だから神職として扱い、結界の外から覗《のぞ》き見ることだけは許した。むろん穢《けが》れ

を祓った上でな……しかし、近頃は女性の刀工もおるとか。世の中、随分と変わりましたなあ」

宗周は全身全霊を刀に叩き込んだため、疲れているのかと思いきや、むしろ熱気を帯びたまま、反りの深い刀を掲《かか》げて、満足そうに大きく頷いた。

江戸時代に入ってからは、源平《げんぺい》合戦の頃や戦国の世のように、反りのあるものは少ない。馬上で刀を扱うことがなくなったからだ。だが、宗周が作り上げた刀は、鍔元《つばもと》近くの反りが高く、鋒に向かってスッと真っ直ぐに伸びる形をしている。

まさしく、三条宗近《むねちか》のような名刀だ——と綸太郎は感じていた。離れて見ていてもその凄味と迫力は伝わってくる。

「これは明日、『咲花堂』さんにお届けしますさかい、その後の、磨研《とぎ》の方、よろしくお願い致します。どんな光が出てくるか、楽しみですわい」

「もちろん承知しております。まるで三日月《みかづき》宗近のような名刀になりそうですな」

三日月宗近とは〝天下五剣〟の筆頭格で、平安時代の刀工・三条宗近が鍛えた業物《わざもの》である。宗近は住んでいた山城の京三条にちなんで、「三条」もしくは「宗近」と銘を刻んだ。三日月状の紋様が、幾重《いくえ》にも刃縁《はぶち》に沿うように広がる刃文である。光が当たると月が浮かんでいるように見える。ゆえに、「三日月」の異名がある。

この刀は剣豪将軍との誉《ほま》れも高い足利義輝《よしてる》や豊臣秀吉の手に渡り、悲劇の武将とも言える尼子《あまこ》家の山中鹿之助《やまなかしかのすけ》さらには、上杉《うえすぎ》家の名臣・直江兼続《なおえかねつぐ》らを経《へ》て、徳川幕府二代将軍・秀忠に譲られた。それからは徳川将軍家に伝わる名刀中の名刀なのだ。

天下の名刀を彷彿《ほうふつ》とさせる出来映《できば》えに、宗周はもちろん、綸太郎も胸熱く躍《おど》る思いであった。だが、綸太郎はまたチラリと奥の方へ目を送った。

「気になりますか、今の女が」

「あ、いえ……でも女には見えませんでした。眼光が只者《ただもの》ではないと感じておりました。薄暗くて、はっきりと顔は見えませんでしたが、まるで獣のようにギラついておりました」

「獣……まさに美しき女狐《めぎつね》か、雌猫か……」

宗周は真顔のままで、綸太郎をからかうような口調で、

「あなた様なら口説《くど》き落とせるかもしれまへんな」

「え……」

「いや、これはつまらんことを。お嫁さんを貰《もろ》うたばかりでしたな」

「誰なのですか」

「『俵屋《たわらや》』さんの娘さんですがな」

「えっ。あの扇屋《おうぎ》の『俵屋』さんですか」

「へえ。お父さんはとうに亡くなって、一旦は店を閉めはったんですが、娘さんがどうしてもやりたいと、扇作りの修業も余所《よそ》でしてから、やってはるそうです」

「女の扇師……」

「まあ繊細で美しい扇ならば、女職人がおってもよろしいと思いますが、ほんま近頃、女は強うなりましたなあ」

宗周はようやく穏やかな笑みを浮かべて、

「なんでも、能の『小鍛冶』に使う扇を作らなければいけないらしく、どうしても一度、ほんまもんの刀打ちを見ておきたいとのことで、何度も訪《たん》ねて来たので、特別に許したんですわ。鍛冶場には入らんことを条件にな」

「そうでしたか……」

「能のことはよう分かりませんが、ええ舞台が出来るような扇ができはったら、私も嬉しいですわい」

そういいながら宗周は、素晴らしい出来映えの刀を仰《あお》ぐように見ていた。

『小鍛冶』という能の物語はこうである。

一条院は不思議な夢のお告げによって、京三条の小鍛冶に守り刀を作らせよと、家来の橘 道成《たちばなのみちなり》に命じる。名工として知られる三条宗近は請《う》け負《お》ったものの、自分と同じ技量を持つ相槌を打つ者がおらず、思い悩む。宗近は満足のいく刀を打てず困り果て、氏神《うじがみ》である稲荷明神《いなりみようじん》に参詣《さんけい》すると、勅命《ちよくめい》を知っていた童子が現れ、鍛冶を助けてくれる話である。

京三条には、粟田口とともに、古くから鍛冶を職業とする一族が住んでおり、狂言や能の素材になっている。ちなみに大鍛冶とは、鋼を生産する者のことで、小鍛冶とは加工する刀鍛冶や野鍛冶のことである。

「その『俵屋』の女扇師は……静音《しずね》という名で、店は室町の方、上立売通《かみだちうりどおり》の報恩寺《おんじ》近くにあります」

「そうですか……」

「ご存じとは思いますが、『俵屋』とは、俵屋宗達《そうたつ》が務めていたという、あの扇屋どす。宗達が琳派《りんぱ》の一流の絵師になってからも、当家の主人は代々、細々とですが家業を続けてきております」

「ええ、それは知ってましたが……では、明日、よろしゅう頼みます」

綸太郎は一礼すると、刀剣作りを見た熱気が冷めやらぬまま、何度か観た『小鍛冶』を思い出して不思議な気分になって、宗周の鍛冶場を後にするのだった。

二

相国寺《しょうこくじ》の裏手、鞍馬口通近くの水路に面した所にある山城宗周の鍛冶場から、報恩寺はさほど遠くない。

茶器を扱う栄昌堂《えいしょうどう》、表千家《おもてせんけ》不審菴《ふしんあん》と裏千家今日庵《こんにちあん》をたまに訪ねることがあるから、通い慣れた道である。鞍馬口のすぐ北側は小山《こやま》村で、田畑が広がっている。この辺りも〝御土居《おどい》〟の内側ではあるが、洛中ではないという人も多い。鞍馬山もすぐ間近に見える気がするし、賀茂川からの川風も涼やかだった。

妙覺寺《みょうかくじ》に至る道に進もうとしたとき、

「お待ちしておりました」

と水路沿いの小径《こみち》から声がかかった。透明な水が石橋の下を流れているが、水音に混じって清涼な声だった。

振り向くと、先刻の女扇師が立っている。いや、一見して誰かは分からなかった。地味な柄の小袖に黒い帯、髪は丸輪《まるわ》に結《ゆ》っており、若い娘の姿にしては、年増《としま》のようである。殊《こと》に丸輪は、勝山髷《かつやままげ》から丸髷《まるまげ》に変わったものとはいえ、下女や女中がするものである。

だが、キリッと吊《つ》り上がった目、細い鼻筋、少し突き出た艶《つや》っぽい唇《くちびる》などは、男をそそる美形であり、綸太郎も背中がぞくっとするほどであった。

「ああ、先程の……たしか静音さんどしたな。宗周さんから聞きました」

扇作りの参考のために見学していたことも承知していると伝えると、静音は軽く頭を下げながら眩《まぶ》しそうに目を細め、

「へえ。『咲花堂』のご主人も磨研《とぎ》のために来はると聞いてたもので、今日、お願いしていたんどす」

と答えた。

綸太郎の知らぬことだったとはいえ、静音の方は意図的に、日にちを選んでいたということかと、少し驚いた。だが、静音の方はさらりと言っただけで、軽く

微笑《ほほえ》んだ。

「実は、扇のことで、上条さんにも訊《き》いてみたいことがあったのどす」

「扇のこと……」

「はい。松原通にあったお店にも何度かお邪魔したことがあるのですが、立派な能扇が飾られておりました。能狂いと言われた太閤秀吉公や、やはり能好きで、演じられなくなった謡本《うたいぼん》を改めて作らせた五代将軍綱吉《つなよし》公様が手にした扇もありました」

「ああ、そうですな……でも、扇のことなら、あなたの方が詳しいのではないですか」

「へえ、でも、作るのと、使《つこ》うたり見たりするのとでは、えらい違います。そこを教えて戴きたいと」

少し鼻にかかったような甘い声が、男心をくすぐるのであろうなと綸太郎は思った。扇職人なんぞするよりは、どこぞのお大尽《だいじん》にでも嫁入りして、蝶《ちょう》よ花よと煽《おだ》てられながら過ごす人生の方がよかろうにと、余計な詮索《せんさく》をした。

「上条さんもご存じのとおり、うちは俵屋宗達がいたことで、有名になりました。宗達さんが、その頃、扇の絵付け師として務めていた『俵屋』の屋号を使《つこ》うてくれたお陰《かげ》です」

「そのようですな」

「俵屋宗達さんと、本阿弥光悦さん、そして角倉素庵さんは大の仲良しで、一緒に嵯峨本を作った偉大な人たちどす。その流れを汲《く》む上条さんに、ぜひとも扇のことをと。特に、能の扇についてご教授願いたいのどす」

謙遜《けんそん》して静音は言っているが、扇のことならば自信がある顔をしている。

穿《うが》った見方だが、もしかしたら、扇についてどれほどのことを知っているのか、試しているのかもしれないと、綸太郎は勘繰りたくなるほどだった。

「能についても扇についても、俺はさほど知りませんが、せっかくここで出会《でお》うたのですから、茶でも一杯どないどすか」

「出会うた……」

少し溜めたような言い草で、静音は綸太郎の目をまっすぐ見た。女らしさというよりは、職人独特の澄《す》んだ目をしている。

「よろしかったら……丁度《ちょうど》、訪ねたい所もありましたのや」

綸太郎がぶらぶら歩き出すと、当たり前のように後ろからついてきた。三歩下がって師の影踏まずというところか。もちろん師弟関係はないが、京女のたしなみなのか、男よりも前に出ることはなかった。

取引先でもある茶器問屋の前を曲がると、すぐ左手に「今日庵」がある。裏千家の屋敷であり、茶室である。

武家屋敷のような櫓門《やぐらもん》は近づきがたいほどであったが、綸太郎は門をくぐった。

番人を兼ねた弟子がおり、綸太郎に一礼をすると、当たり前のように中に案内した。一歩奥に入ると、妙な威厳はまったくなく、簡素な佇《たたず》まいが続き、打ち水の露《つゆ》が燦《きら》めいて、緩やかに延びる石畳と庭木が、訪れた人を包み込んでくれるようであった。

「あの……上条さんは、よく……」

緊張したように静音が訊くと、綸太郎は微笑み返して、

「そんなにめったには……正直言うて、禁裏《きんり》の公家《くげ》屋敷に行くより、気持ちがピリッと張り詰めてきますわ」

「うちは、すぐ近くなのに、前を通るだけで……」

「お武家さんかて震えるといいますさかい、俺たちなら当たり前です」

「そうなのですね……」

静音の頬《ほお》がわずかに紅潮《こうちょう》するのを、綸太郎は横目で見ながら、兜門《かぶともん》を潜った。

正面の敷石から、檜皮葺《ひわだぶき》の庇《ひさし》の下に入る。そして、竹簀子《たけすのこ》の上がり框《がまち》に上がると、わずかに緊張が解《ほぐ》れて、ほっとする。本来ならば、腰掛待合《こしかけまちあい》や露地《ろじ》を抜けてゆくのだが、弟子に案内されるままに、簡素な割竹葺《わりたけぶき》の門まで連れていかれた。

ここを境として、中は内露地という幽玄《ゆうげん》の世界となる。いわば質素という結界の中だけで、独特の精神の修養をするのである。そこには石仏や灯籠《とうろう》があり、侘《わ》び寂《さ》びの境地に入っていかざるを得ない。

飛び石から、つくばいに至ると、前石に乗って、手水鉢《ちょうずばち》から柄杓《ひしゃく》一杯の水を取り、手を洗い身を清める。側に備えてある手燭石《てしょくいし》や湯桶石《ゆおけいし》、砂利《じゃり》を敷き詰めた水門《すいもん》なども、他では見られぬ清涼な風情《ふぜい》がある。

その先には、今日庵が待ち受けている。利休から数えて三代目、宗旦《そうたん》が隠居所として建てた茶室である。開席のとき、大徳寺《だいとくじ》百七十世住持《じゅうじ》・清巖和尚《せいがんおしょう》が遅れてきたのだが、

——懈怠《けたい》の比丘《びく》、明日を期せず。

と茶室の腰割りに書きつけて帰ったことから、「今日庵」と名付けられたとい

う。

ここは、一畳台目《いちじようだいめ》という、茶室としては最も狭く、極限まで空間を切りつめた茶席である。丸畳一畳の客座、台目畳の点前座《てまえざ》だけがある。茶の点前に必要な台目の道具畳と、客が座るに必要な一畳だけの、まさに侘び茶の追求が表現された場であろう。

躙《にじ》り口から腰を屈《かが》めて入ると、わずかな所でも意外と広く感じるものである。高さ二尺二寸、幅二尺一寸しかないから、正座のまま少しずつ膝《ひざ》を進めて入るしかない。しかも、ふたりが居れば窮屈《きゆうくつ》なはずだが、そうでもないから不思議である。

綸太郎はここへ来るたびに、時が何百年も舞い戻ったような気持ちになり、色々な迷いも解け、深い所に沈んでいくような感じを得る。これもまた妙な心地《ここち》であった。

秀吉に可愛《かわい》がられていた茶の湯の大家・千利休だが、考え方の違いなどから、徐々に関係が悪化した。三千石の知行《ちぎよう》を受けていたものの、大徳寺に寄進した山門に、利休自身の像を設置したことで、切腹にまで追い込まれたのである。秀吉に対して、「利休の足下を通れ」という無礼を働いたことになるからだ。

だが、二代目少庵《しょうあん》のときに千家の復興を許され、この地を拝領した。その後、宗旦をはじめ代々、千家は営々と家元を続け、茶の湯を究《きわ》めてきた。茶禅一味の侘び茶の精神は、江戸の文化文政《ぶんかぶんせい》の治世にあっても、廃《すた》れることなく、むしろ公家や武士の拠《よ》り所となった。もちろん、他の芸道を極めようとする者たちにとっても、ひとつの道標となっている。

しばらくすると、茶人らしい十徳《じっとく》姿で、痩身《そうしん》の男が現れた。十徳とは、僧侶が身につける法衣《ほうえ》に準ずるものである。

当代の十世・認得斎柏叟《にんとくさいはくそう》だ。その大きな目は、独特の光を放っており、だが威圧するものではなく、仏様の品格と人を包み込む温《ぬく》もりがあった。

「ご無沙汰《ぶさた》ばかりで失礼しております」

綸太郎が両手をついて挨拶《あいさつ》をすると、柏叟は穏やかな表情のまま、

「よう来てくだはりました。そんな畏《かしこ》まらないでも、茶室は心置かぬ友が、やんわりと同じ時を語らうための場所やさかいな」

と気遣《きづか》った。

席主はいつ誰が来てもよいようにと、つねに準備を整えているものだ。

これは武将たちが、敵に急襲されても慌てることのないように、平時にあって

戦《いくさ》を思う心がけだと解釈していた。だが、本来はそうではない。密談をするためでもない。近しい人と膝を詰め合って、楽しく過ごす意味がある。

案内した弟子から、静音が来ていたことも知らされていたのであろう。特段、驚きはしなかったが、綸太郎の方から詫びた。

「女性《によしよう》を茶室にお連れして、申し訳ありません。少しばかり訳がありまして……」

「かまへん、かまへん。有り難いことに、お公家もお武家も、後宮や奥向きが茶を点《た》てることの喜びを感じてくれはってるしな」

「そういえば、御夫人の松室宗江《まつむろそうこう》様も、優れた茶人ですものね」

「いや、大したことはない」

謙遜して笑う柏叟は二十歳《はたち》のときに、利休二百回忌に際して花を生けているほどの美の才人でもある。

綸太郎はいつもこの茶室に来ると落ち着くと言うと、

「団栗火事《どんぐりかじ》で燃えてのうなる前の茶室の方がよかったがな」

と柏叟は笑った。

「え？　団栗火事……」

「知らんのも無理はないな。あんたらの生まれる前やからな。京を焼き尽くした天明《てんめい》の大火《たいか》のことや。祇園新地の団栗図子《ずし》ちゅうとこにあった私娼窟《ししょうくつ》から火が出てな、折からの強風でいっぺんに広がった」

「はい。それは聞いたことあります」

「その時の様子は、神沢杜口《とこう》さん……もう八十歳近かったらしいが、火事後のことを克明に書き留めてたから、後々、役に立った」

「神沢杜口さん……」

「元は町奉行所の与力ですがな。知りまへんか。そのお孫さんも、東御役所で公事方与力してまっせ。弥十郎さん」

「あ、その人なら、先般、お世話になりましたわ……」

倫太郎は賢そうな顔を思い出していた。

とまれ、天明の大火で燃えた今日庵を再建した石翁《せきおう》を、三十五歳で継いでから、十五年が過ぎるが、柏叟はますます風格が増していた。

その一方で、古式ゆかしいものに、斬新な手法を取り入れ、後に婿《むこ》養子となる精中《せいちゅう》に伝えられた。精中は、三河《みかわ》国奥殿《おくとの》藩四代目藩主・松平乗友《のりとも》の子である。

〝茶の湯の鬼才〟と称されるようになり、茶箱点前や立礼式など自由な作法を考案した。それはもっと後のことであるが、養父の柏叟の影響が大きいことは言うまでもない。

もっとも、一般の人が茶道を学ぶことができるようになるのは、子女教育の中に茶道を取り入れた明治時代になってからのこと。歌舞伎《かぶき》や相撲《すもう》同様に、茶道は男だけのものであった。ゆえに、綺麗な着物姿の女が茶室に入ることなど、極めて珍しかった。

綸太郎は、時節に相応《ふさわ》しい諸飾《もろかざ》りの掛け軸と花などを誉めながら、正客《しようきやく》としての作法をしぜんにこなしていた。静音は次客となるが、父親から学んでいたのであろう、綸太郎を真似ずとも、亭主である柏叟に向かって「頂戴します」とお辞儀をした。いつも持っている懐紙を、折り目が手前になるように出し、一番外側の懐紙を折り返した上に菓子を取り置いた。

茶事となれば、懐石料理や酒なども振る舞われ、かなり詳細な準備や作法があるが、急な来客へのもてなしは臨機応変である。

風炉《ふろ》と棚の前で、棗《なつめ》や茶筅《ちやせん》、茶碗などを慣れた袱紗《ふくさ》捌《さば》きで整える。柄杓を取って蓋置《ふたおき》の上に載せ、さらに持ち替えて湯を汲《く》み茶碗に入れる。茶筅とおしは、汚れや折れてないかの確認のためである。湯を建水《けんすい》という湯を棄《す》てる容器に流し、茶巾《ちゃきん》で茶碗を拭《ふ》くと、茶杓《ちゃしゃく》を取り、茶を掬《すく》って茶碗に入れ、棗と茶杓を元の所に戻して、水指《みずさし》から湯を汲み、薄茶を点てた。

淀《よど》みなく流れる柏叟の点前を見ていると、それだけで心が清められる。三口半で飲み干し、腹の底から美味《おい》しいと綸太郎が溜息をつくと、柏叟は同じことを繰り返して、次席の静音に茶を差し出し、

「――で……静音さんが作らはる扇というのは、そんなに難しいものなんですか」

と問いかけた。

「え……」

静音は驚いたが、綸太郎も目を向けた。

「いえね、白川《しらかわ》はんから聞いてましたのや。跡継ぎの子が初舞台を踏むから、子役の扇は新しく『俵屋』さんに頼んだのやて」

白川はんとは、能の白川流当主・清澄《きよずみ》のことである。

子供が誕生すると、特に女の子には新調した扇を飾る風習がある。それと同様に、子役が初の檜《ひのき》舞台に上がるときには、その子だけの特別な扇を作る。生涯唯一《ゆいいつ》、その時だけの扇である。

能は流派によるが、その年齢に応じて、生涯に一度しか演じない演目がある。嫡男《ちゃくなん》が初舞台を踏む演目も一回こっきりだ。『鞍馬天狗《くらまてんぐ》』の牛若丸をやることが多いが、白川流の場合は『小鍛冶』の前《まえ》シテの童子を演じる。本来は、この童子も大人の役である。

白川流とは、いわゆる五流派の観世《かんぜ》、宝生《ほうしょう》、金春《こんぱる》、金剛《こんごう》、喜多《きた》とは違い、禁裏だけで密かに続いてきた流派である。金剛も禁裏で行っていたことは、よく知られている。

むろん今は、洛中洛外《らくちゅうらくがい》でも催《もよお》しているが、後白河《ごしらかわ》天皇が愛好した今様《いまよう》から発したものが、足利義満によって京に来た観世流と交わることによって生じたものである。白河を名乗るのは憚《はばか》って、白川の名を賜《たまわ》ったという。

観阿弥《かんあみ》もそれまでの曲舞《くせまい》を取り入れることで、小唄から発展させた〝劇〟としての能を作り上げた。そこから、この世に遺恨《いこん》を残した霊などが登場し、旅の僧侶に語り聞かせる夢幻能《むげんのう》が「幽玄《ゆうげん》」を生み出したのである。よって、白川流も演目は、観世流に負うところが多いが、その重厚さは宝生流に、自由闊達《かったつ》な趣《おもむき》や簡素さは金春流を組み込んでいる。

「――その『小鍛冶』……後《のち》シテの稲荷明神の遣いは、清澄さんがやるとかで、いわば父子《おやこ》共演ということですな。もちろん、清澄さんも、初舞台は『小鍛治』でした」

それで、山城宗周の刀を打つところを見学していたのだと、綸太郎が伝えてから、

「しかし、前シテの童子役は、大人でも難しいと聞いておりますが」

「それが白川流の格式でしょうかな……ですが、跡継ぎの清貴《きよたか》殿は持って生まれた才覚があるのか、親の欲目ではなく、なかなか筋がいいと清澄様も言うてはりました。共演が楽しみであると」

柏叟はそう伝えてから、大きな目で静音をじっと見つめた。

「あんさんも当代一になれる扇師と聞いてます。頑張ってくなはれ」

「は、はい……」

「こんなことを言うたら、何やが、扇というのはワキのようでシテや……茶事にも、こんな小さな三寸程の扇がありますが、元々は一尺一寸の大きなものだったとか。床飾りに使うこともあります。公家も武家も、町人かて、みな扇を身につけてます……なんでか、知ってますか」

「──扇は、〝あふぎ〟とか〝招《お》ぐ〟という言葉から来ており、それは神の天降

り……神様を招き寄せること、扇が神の依代《よりしろ》、それ自体がご神体と伝えられております。ですから、色々な儀礼の場で使われ、また守り刀の役目もあると、父から聞いたことがありますが」

静音は自分なりに答えると、綸太郎はその横顔を後見人のように見ていた。

「そうですな。茶事でも扇で結界を表したりしますが、つまりは命そのものなんどす」

「命そのもの……」

「魂が入っている所ですな。開いたり閉じたりする人の心を表してもおります。そやさかい、能で使われる扇は一番大切なもの。でも、人は仕舞や派手な衣装に目がいって、わざわざ扇を見る人はおりませんな」

「へえ……」

「でも、その扇こそが命やさかい、舞が生きてくるのどす……私は能には素人《しろうと》ですが、その一瞬一瞬に燦《きら》めく命の重みは感じます。一期一会《いちごいちえ》の茶事とも通じるものがありますのや。ですから……」

「はい……」

「私が言うまでもないことやが、立派な素晴らしい扇を作って下されや」

柏叟が微笑んで励ますのを、静音は有り難く承《うけたまわ》った。

傍《かたわ》らで見ていた綸太郎も思いつきながら、連れてきて良かったと安堵《あんど》するのだった。

三

日暮れて逢魔《おうま》が時の刻限、『咲花堂』は表戸を閉めていた。

半月が出ているが、薄い雲に隠れて、神楽岡辺りはすっかり暗くなっていた。所々に辻灯籠《つじどうろう》で、参道の足下は見えるが、風音も川の音も聞こえない。

京の底冷えとはよく言うが、京の底闇——というほど漆黒《しっこく》の闇も深かった。

綸太郎が潜り戸を開けて入ってきたとき、店の奥にある帳場では、彩華が算盤《そろばん》を弾いていた。客からは見えない場所である。

「——店を閉めるの早いな」

声をかけてきた綸太郎に、彩華は素《そ》っ気《け》ない口調で、

「とうに日が暮れてますさかい」

「灯籠はまだ明るいし、近所はまだ開けとる所もある。夜参りする参拝客もおる

さかい、茶でも出そうと言うてたのは、おまえやないか……峰吉や安徳坊はどないした」

「どっか一杯引っかけにいきました。他の奉公人は離れで、勝手なことしてます」

「夕餉《ゆうげ》は……」

「もちろん、みんな終わってます」

「なんや、その愛想《あいそ》なしは」

「いつもそうどす」

算盤をジャラジャラとして、帳簿を見ながら、彩華はまた初めから玉を置き直し始めた。不機嫌《ふきげん》な顔はめったに見せたことがない女房だから、綸太郎は気になって、

「どないしたんや。なんか嫌なことでもあったんか。思うように売れんかったか」

と訊くと、彩華は腹立たしげに文机《ふづくえ》の上に算盤を叩きつけた。毅然《きぜん》とした目で振り向くと、爆発しそうな感情は抑《おさ》えつつ、彩華はわざと淡々と言った。

「ほんま。ええ、ご身分どすな」

「え……」

「山城宗周さんのとこで、刀打ちを見に行ったのかと思うてました」

「そや」

「私が行きたくても、女はあかんて連れていってくれへんのに、裏千家の御家元で、綺麗な女の人とご一緒で楽しゅうおしたか」

「なんや、それか……それより、なんで、そんなこと知ってるのや」

「女の人の扇を買いに、『俵屋』まで行ったそうですなあ」

「ああ、静音はんちうてな、『俵屋』の娘さんや」

「……」

「代々、京扇を作ってる店で、元々は御影堂扇《みえいどうおうぎ》でも有名な五条辺りにあったらしいが、あの俵屋宗達さんが出た店や」

綸太郎は嵯峨本を持ち出して、優れた下絵を描いた俵屋宗達の偉業を語り、風神雷神図屏風《ふうじんらいじんずびょうぶ》や舞楽図屏風《ぶがくずびょうぶ》についても熱く語った。だが、彩華は白けた顔つきで聞いているだけであった。

「でも、俺は金地屏風《きんじびょうぶ》や金銀泥絵《きんぎんでいえ》の華やかなものよりも、宗達らしい水墨画《すいぼくが》の方が好きやな。いずれにせよ、扇の絵付けに過ぎなかった宗達が出た店ということで、公家や武家はもちろん、能楽師や茶人などにも好まれているのや。その店の跡取りで、嫁にもいかんと職人の道を自《みずか》ら選び、毎日、扇作りの修業やとか」

「へえ、随分と詳しいどすなあ……そんな昔からのお知り合いどすか」

わざとらしい京訛《なま》りで彩華が訊いたが、綸太郎は素直に返した。

「いや。今日、出会ったばかりや」

「出会った……」

「ああ、山城宗周さんところでな、『小鍛治』のためやと……」

綸太郎はあったことをすべて話し、その後、今日庵から程近い『俵屋』に立ち寄って、彩華への一本と思い、美しい扇を買ってきたと伝えた。袱紗を開けて見せると、金地に桜の花びらが広がっている柄だった。

「どうや……なかなか、ええやろ……静音はんが、おまえにと選んでくれたのや」

「私に……？」

「会ったことはないが、実家同然の角倉家の者から、おまえの話を聞いてたらしい。明るくて華やかなおまえにぴったりやとな」

「へえ、そうどすか……」

相変わらず素っ気ない返事で、差し出した扇を受け取ろうともしない。さすがに綸太郎も何かあったのかと本当に気になり、

「どうしたのや。おまえらしくもない」

「私らしいてなんですのん」

「そんなふうにふて腐れたり、嫌味な態度は取る女やないさかい、心配してるのや」

「心配してるのは、こっちです」

「何をや。どういうことや」

綸太郎は優しく問い返したが、彩華は〝なにわ女〟の気丈なところもあるのか、はっきりと責めるように言った。

「好いてた人と、楽しかったですか」

「え……なんやて……」

「その昔、何かあったんことなんかは別にかましまへんが、今も続いているのなら、キッパリ別れてくれまへんか」

「何を言うてるのや」

呆《あき》れ返って、綸太郎は苦笑した。

「角倉の旦那様からも聞きました。本当は、その『俵屋』の静音さんとやらと、夫婦《めおと》になるはずだったのやって」

キョトンとしている綸太郎だが、怒りを嚙《か》みしめるように彩華は続けた。

「本阿弥光悦と俵屋宗達の子孫同士が、一緒になるのは、まさしく打って付けのお似合いや。嵯峨本を作って世の中を明るくしたのと同じように、夫婦手に手を取って、世間に光を当てて貰いたいとか」

「何の話や、それは。そもそも、静音はんは俵屋宗達の子孫ではないしやな……」

馬鹿馬鹿しいと笑った綸太郎は、今日初めて会ったばかりだともう一度、説明したが、彩華には納得できない。

「『咲花堂』の主人、つまりお義父《とう》様と先代の『俵屋』さんとの間でも話がついてたそうな」

「ありえへん。俺はおまえと夫婦になると決まっておったし、千年の昔から結ばれていたということや」

「はぐらかさんと答えて下さい。静音さんとは言い交わした仲だったんやね」

「誰がそんな……」

「天山丸さんです。ふたりが仲良う、裏千家のお屋敷から出てきて、楽しそうにお店に行くのをたまたま見かけたそうです」

毅然と言う彩華だが、綸太郎は余計に笑うだけだった。

「なんや、叔父上。見かけたのなら、声くらいかけてくれたらよかったのに」

「かけられんくらい熱々だったそうだす」

「どうせ叔父上は大袈裟に話したのやろ」

「京で一番美しい人やさかい、叔父上も胸をときめかせるほどだとか。そんな人と手なんか握り合《お》うて、満面の笑みだったとか」

「そんなことを、わざわざうちまで話しに来たんかいな」

「心配やから、しっかり気いつけてなって、叔父上……色々と聞きましたえ。静音さんとは特別な仲やったんですなあ」

天山丸の話の中にも、角倉玄匡から聞いたのと同じ『俵屋』との因縁《いんねん》話があったというのだ。

「知らん……もし、そういう話が親同士であったとしても、俺は全く聞いたことがないし、静音さんともほんまに今日初めて会ったし、なんもないがな」

「――そうどすか……そこまで白《しら》を切るなら、私もこれ以上は何も言いまへん」

「おいおい……」

「いつまでも仲良うしはったら、よろしゅうおす」

またわざとらしい京風の口振りで、彩華はそっぽを向くと、また算盤を置き直した。その横顔をまじまじと見つめながら、

「焼き餅《もち》やいてくれてんのか」

と綸太郎は囁《ささや》いた。

「そりゃ嬉しいけどな、ほんまに違うのや。あの人は、白川流能楽師の白川清澄さんに頼まれて、ご子息の清貴はんが初舞台で踏む『小鍛冶』という演目のために、扇を作ってあげてるのや」

「……」

「ふつうは大人がやる前シテで、子供には難しくてな、俺も何度か観たことがあるが、重要な役どころや。もちろん、後場《のちば》にやる後シテは、父親の清澄さんがやるのやが、これがまた派手だけれど力強くて、なんとも言えん、胸に迫ってくるものがある」

綸太郎は『小鍛冶』の物語を簡単に教え、後シテの姿形や様子も伝えた。この演目はどの流派でも節目に行われるもので、後シテは能楽師としての成長が窺《うかが》

われるものだという。

白川流は〝小書《こがき》〟という、いわば特別な演出によって行われることが多い。衣装も姿も立ち居振る舞いも、他の流派とは少し違う。後シテである稲荷明神の眷《けん》属《ぞく》は、〝白頭《しろがしら》〟をつけて登場する。黒頭や赤頭をつける流派が多いが、〝白頭〟によって老いを超越した存在を表し、しかも足使いも独特の運びだった。

後シテは狐《きつね》の化身だから、摺《す》り足ではなく、踵《かかと》を上げて爪先《つまさき》立ちで演じる。狐のように身軽で俊敏《しゅんびん》な動きに見せるためだ。これは喜多流の動きを取り入れているから、白川流も江戸時代になってから変えたのであろう。

刀匠である三条宗近と向かいあい、狐丸という化身が丁々発止《ちょうちょうはっし》と鎚を打つのだが、その姿はまさに憑依《ひょうい》している神懸《かみが》かりの仕業《しわざ》で、観る者を圧倒する。地《じ》謡《うたい》、笛、小鼓、大鼓、太鼓の囃子方《はやしかた》とシテ方《かた》の謡が一体となった拍子で、じわじわと盛り上がって、刀は完成する。

こうして出来上がった刀には、宗近と狐丸という〝ふたつの銘〟が入り、名刀・小剣丸《しょうけんまる》として世に語り継がれるのである。

幻想と現実が入り混じった話を聞いているのかいないのか、彩華は目の前の算盤を弾き続けていた。

「その刀は、禁裏の堺町御門を守る九条家や鷹司家が所持していたようやが、今は近衛家にあるそうや。俺も近衛当代の基前はんから一度、見せてもろただけやがな」

「……」

「その能をやるときは、おまえも一緒に観にいこう」

歌舞伎や浄瑠璃《じょうるり》と違って、能も相撲と同様、男だけが観ることを許されていた。いわゆる女人禁制である。だが、公家や武家の子女が屋敷内の能楽堂を観ていたから、特別に許されることもある。

能を演じる役者も、男のみに許されていた。室町時代には女猿楽師もおり、六代将軍・足利義教《よしのり》の頃からは、女流能も盛んになった。能は神事であり、女役者は巫女《みこ》と見なされたからである。しかし、秀吉の頃に禁止となり、江戸時代になってからも、風俗が乱れるという理由で、女能楽師は姿を消したのである。

「別に行きたくありまへん。静音さんとやらと、しっぽりと行かはったらええ。私は花鳥風月や能や歌舞伎にはあまり縁がなく、売り上げをどないするか考えてる方が、性にあってますさかい」

「さよか……でも、たまには息抜きせんと、体も心も疲れるで」

「息抜きばかりの旦《だん》さんこそ、たまには茶碗ひとつでも売ってみて下さいな。物をひとつ売るというのは結構、大変なんですよ」

「そやな。柏叟さんも言うてはったが、茶事ひとつのために、茶碗を初めとしては、塗師や表具師、竹細工師から指物師、釜師など、〃千家十職《せんけじっしょく》〃という人たちがおって、そういう人たちが作るもので成り立ってる」

「……」

「物として売るのは当たり前やが、それ以上に、道具を通して有職故実《ゆうそくこじつ》みたいなものも繋《つな》いでるとも思える。目に見えない美しさや心のあり方も、教えてくれてる。俺はそう思うてる」

「——すんまへんなあ。侘び寂びや幽玄とかが分からん女で」

拗《す》ねるというより、腹を立てて、彩華は二階へ上がっていった。綸太郎は短い溜息をついたが、さほど気にする様子もなく、

「ほんま、なんで怒ってんのや……叔父上がまた、あることないこと言うたのやろな。困ったものや」

と、ひとりごちた。

四

扇屋『俵屋』の工房は、静音を入れて、わずか三人の職人で、扇を作っている。掌《てのひら》に収まるようなものから、能や歌舞伎で使われる仕舞扇、茶扇、祝儀扇、さらには神社仏閣に飾られる扇などが作られていた。

何気なく使う扇であっても、二十幾つもの工程がある。『俵屋』では、普段使いする〝扇子《せんす》〟はほとんど作っていないが、いずれにせよ繊細な作業が求められ、職人や絵師は神経を磨り減らす毎日である。

店先には、美しい扇が沢山、飾られており、売り子もいるが、そのほとんどは作例であり、訪ねて来た人の要望を受け付けるためのものである。『俵屋』は名のある伝統の店とはいえ、作ることができる数が限られているから、自《おの》ずと使い道も決まっていた。

仕舞扇を中心として作っている静音は、さっそく、『小鍛冶』を演ずる白川清貴のための扇作りに精を出していた。すでに、清貴の手の大きさ、体の動かし具合などを勘案し、「この人だけが持てる扇」を目指している。

扇作りは大きく分けて、扇骨、地紙、仕上げという三つの作業がある。

光沢のある扇骨を作るためには、やはり竹材が最も大切である。これは、縁起も含めて、御土居の竹藪《たけやぶ》から良質なものを選ぶ。さらに、親骨二本と八枚の中骨にするものを、それぞれに相応しいものを見つけ出してから、磨きや染めを経て、要《かなめ》で留める。

同じ演目でも、能の流派によって形も色合いも図柄も違う。特に、扇骨の彫りには拘《こだわ》りがあって、まったく人目に触れないところにも、匠の技が光っている。

地紙はまた繊細な作業である。芯紙という薄い和紙を中心に、皮紙というものを両面に貼り合わせる。これは古より伝わる〝糊地《のりじ》〟という方法で貼り合わせ、その後、絵を描いたり、金箔《きんぱく》を貼ったりする。

扇の模様は、四角の紙に描くのではなく、扇状の面に描く。しかも、折り畳むように折目が付けられるから、限られた狭い所に色鮮やかで複雑な紋様を描くのは、至難の業《わざ》であろう。

さらに扇骨の数に応じて、折目が付けられ、化粧断ちをして、中骨を通す隙間を作って、折った地紙と骨を一体化する。そこから仕上げる工程がまた一苦労で、〝地吹き〟といって口で息を吹き込んだり、扇を安定させるために拍子木や石で叩いたり、開け閉めを滑らかにするための秘伝の技が使われる。もちろん乾燥させるのには気を遣い、作業場の離れには、多くの扇が天井からぶら下げられている。たった一本の扇に、気の遠くなるような工程が施されるのだ。

「――静音はん。あんまりコン詰めんと、もう少し気楽にやりなはれや」

先代から仕えている結蔵《ゆいぞう》という職人が、労《いたわ》るように声をかけた。もう五十坂を越えており、職業柄なのか少し腰が曲がって、年寄りじみて見える。女房に先立たれて、子供もいないので、『俵屋』に骨を埋《うず》めるというのが口癖だった。若い頃から作り続けてきた扇骨と洒落《しゃれ》ての言い草だが、静音が最も頼りにしていた職人だった。

本当ならば分業であるはずだが、今度ばかりは、すべての工程を静音ひとりでやっているから、結蔵は心配していた。

「おおきに……でも、どうしてもでけんかったら、結蔵さんに任せるわ」

静音は気弱そうに言ったものの、本当は自信に満ちている顔つきである。結蔵も扇の出来具合には安心してはいたが、ほんの少しだけ、昔のことを心配していた。

昔のこととは——静音には実は惚《ほ》れていた扇職人がいたのである。

ところが、誰が見ても素晴らしい舞扇を作ってから、ふいに姿を消した。その扇は今も店に飾られているが、まったくの音信不通で、店に帰ってくることもなかった。

もう三年以上前のことである。

錦之助《きんのすけ》という静音の父親の弟子がいた。絵付け師だが、結蔵の弟弟子にあたる。弟弟子とはいっても、親子ほど年が離れていた。まだ静音が十二、三歳の頃に、通りかかった僧侶が預けていったのだ。

考えてみれば不思議な縁だった。

僧侶とはいっても、物乞《ものご》い同然の修行僧で、一緒にいた十五、六の少年の錦之助は、物憂《ものう》い顔をしていた。見た目は歌舞伎役者のような男前で、声も上品だった。牛若丸とは、こういう少年だったのではないかと、結蔵も思ったほどだった。

扇骨の扱い方は今ひとつだったが、絵を描く才覚には恵まれていた。どうやら僧侶は、その力を見抜いていて、先代に預けたのであろうと、結蔵は思っていた。

この『俵屋』に来てから、十年余りのうちに、錦之助はめきめき腕を上げて、俵屋宗達の再来かと思わせる人気振りだった。それゆえ、先代も扇作りの目的などは考えず、自由に錦之助に扇絵を描かせていた。

将来、独り立ちするのであれば、扇骨や仕上げの方もキチンと技を磨かねばならないが、錦之助はとにかく絵付けさえしていれば幸せそうだった。集中力も人並みならぬものがあって、周りから見ても凄かった。

ある時、結蔵が訊いたことがある。

「錦之助……おまえの才能は凄いが、どうして、そこまで頑張れるのや」

何の質問やという顔を錦之助はしたが、どちらかというと無口な奴が、ぽつりと返した答えは、とても単純なものだった。

「物乞いには、二度と戻りたくないからです」

偽らざる思いだった。錦之助がなぜ旅の修行僧に拾われたのか。親が誰なのか、『俵屋』に来る前のことは、何も語らなかった。残された作品は数々あるが、人生のほとんどが謎《なぞ》だった宗達にも通じる。

店に飾ってある金地に妻紅《つまべに》に、緑の松が十本並んだ扇は、〝末広がり〟の縁起のよいものである。錦之助はこの一本を静音に渡して、こう約束をしたという。

「俺は修業に出る。まだまだやりたいこともある。世に出て、錦之助扇とも言われるものを作って、必ず帰ってくる。そして、『俵屋』をもっと世に知らしめる。だから、待っていてくれ」

まるで『班女《はんじょ》』のような話である。吉田《よしだ》の少将が遊女花子《はなご》との契《ちぎ》りに扇を残して立ち去り、擦《す》れ違いによって離ればなれになるが、心乱れた花子の扇を手にした舞によって、再会が叶う物語である。いつ戻ってくるか分からぬ相手に、静音は心を寄せたまま、扇作りに命を燃やしているのかもしれぬ。むろん、その胸中《きょうちゅう》は、結蔵にも分からない。

『班女』には、謡の中に、

――をりふしたそかれに。ほのぼの見れば夕顔の。花をかきたる扇なり。

とあるとおり、金地に夕顔の花が散っているのを使われることが多い。だが、錦之助は思いを末広がりの松に託したのだ。

扇が中心となる能は珍しい。いつかは、その扇を作りたいという思いが、静音にはあるが、今は『小鍛冶』で初舞台を踏む清貴のことだけで頭が一杯だった。

「静音さん……もしかして、まだ錦之助のことが忘れられないんでっか」

不躾《ぶしつけ》に結蔵が訊くと、静音は首を横に振って、

「どうでもええことどす。私は、世に出たいとか、誰かに誉められたいとか、お金を儲けたいとか、そんな気持ちで扇を作ってまへん。ただただ、貼ってくれと頼まれたことに、誠心誠意を尽くすだけどす」

貼ってくれというのは、扇を作ってくれということだが、団扇ではないのだから、貼ってくれというのは無礼だ――という扇師もいる。だが、静音の父親も職人に徹していたから、素直に引き受けていた。その代わり、自分の技量はすべて出し切るので、文句は言わせなかった。

だが、静音はそこまでの力も技もない。ひたすら目の前の仕事をこなすだけであった。その様子には鬼気迫るものがあったので、結蔵から見たら、錦之助のことを思いながら作っているのかと感じていた。

『俵屋』は元々、扇だけを作っていたわけではない。掛け軸や屏風、和歌巻き、色紙から本など色々なものを作っていた。宗達はその店の棟梁《とうりょう》格として、注文に応じて制作していた。

そんな中で、茶屋四郎次郎や角倉素庵などとの交流を広め、金銀泥などを使った奢侈《しゃし》なものも描いたのであろう。嵯峨本作りには欠かせない人物で、綸太郎の祖先である本阿弥家とは深く関わっていたことになる。

ちなみに宗達が琳派の始祖のように言われるが、これは明治の世になって呼ばれただけで、尾形光琳《おがたこうりん》も含めて当時は琳派というものはなかった。だが、尾形光琳とともに、宗達が優れた〝芸術〟を残したのは事実で、『俵屋』としても、これを誇りにしていた。

半月ほどかけて完成させた扇、流水菊図童子扇は、金箔地に片妻紅に、複数の巻水を流し、紫、赤、白、銀などの菊の花と葉が描かれている。扇骨は漆塗《うるしぬ》りで、黒い艶光《つやびか》りが見事で、自分でも見惚れるほどの出来だった。

「静音はん……これは絶品や……先代でもなかなかできんもんやと思います」

結蔵はお世辞抜きで、見事だと誉《ほ》め讃《たた》えた。

能の扇は、〝中啓《ちゅうけい》〟という、たたんでも末広がりに開いた形に作られている。ゆえに〝末広〟とも呼ばれるが、その種類は百数十あるという。

静音がいつになれば、全てを作れるのかは分からないが、翁扇《おきなおうぎ》、神扇《かみおうぎ》、尉《じょう》扇《おうぎ》、修羅扇《しゅらおうぎ》、老女扇《ろうじょおうぎ》、蔓扇《つるおうぎ》、狂女扇《きょうじょおうぎ》、鬼扇《おにおうぎ》などをこれまでも作ってきた。いつしか能扇の職人として、舞台の助けになるようにという思いだけは熱かった。

「おおきに。結蔵さんにそう言われたら、もっと頑張らなあかんと思います、これからも、どうぞ宜しゅうたのみまっせ」

「それは、こっちが言うことです。お互い精進《しょうじん》しましょうな」

丹念に作り上げた扇を、ふたりしてしみじみと見つめていた。だが、静音の脳《のう》裏《り》には、何かは分からぬが、得体の知れない不安も過《よぎ》っていた。

五

我が子を手放す思いで、静音が扇を届けた翌日、禁裏にある能楽堂にて、『小鍛治』が上演された。主立った公家、在京の大名や京都町奉行、御用達《ごようたし》商人らが来賓《らいひん》として集まった。

その正面の客席には静音がおり、中正面には綸太郎の姿もあった。正面とは鏡板が見える舞台の真ん前の席であり、脇正面とは橋掛かり側にある席、中正面とは目付柱の延長線上の席となる。

この中正面は、役者が目付柱に見え隠れする様が、この世とあの世の往き来を表しているので、不思議な感じがする。通《つう》が好んで座ると言われている。

綸太郎の横には、彩華が所在なげに座っていた。慣れない場で緊張しているようだ。

——これは一条の院に仕え奉《たてまつ》る橘の道成にて候《そうろう》。さても今宵、帝、不思議の御告ましますにより、三条の小鍛冶宗近を召し、御剣を打たせらるべきとの勅諚《ちょくじょう》にて候間《そうろうあいだ》。只今、宗近が私宅へと急ぎ候……。

冒頭、ワキツレの橘道成が、ワキの三条宗近に会いに行き、一条天皇の思いを伝える場から始まる。世の中の争いを鎮《しず》めて、平和を守るための御剣が必要である。一条天皇は、新たな御刀を作れという神の啓示を夢で見て、当代随一の刀匠である三条宗近に刀作りを命じたのだ。

宣旨《せんじ》を受けた宗近は、ひとりでは到底無理だと、氏神の稲荷明神に救いを求める。すると、ひとりの童子が現れた。

いよいよ、白川清貴の登場である。

精悍《せいかん》な童の面に黒頭、朱色の縫箔《ほうはく》を着て、絓《しけ》という目が詰まった透けない生地の水衣《みずごろも》を羽織っている。

——なうなう、あれなるは三条の小鍛冶宗近にて御入り候ふか。

——不思議やななべてならざる御事の。我が名をさして宣《のたま》ふは。いかなる人にてましますぞ。

——雲の上なる帝より。剣を打ちて参らせよと。汝《なんじ》に仰《おお》せありしよなう。

――さればこそそれにつけても猶々《なおなお》不思議の御事かな。剣の勅《ちょく》も只今《ただいま》なるを。早くも知《しろ》し召さるる事。返すがえすも不審なり。

――げにげに不審はさる事なれども。われのみ知ればよそ人までも。

――天に声あり。

――地に響く。

そして――壁に耳。岩の物いふ世の中に。岩の物いふ世の中に。隠はあらじ殊になほ。雲の上の御剣の。光は何か闇《くら》からん。ただ頼め、この君の。恵によらば御剣もなどか心に叶わざる。などかは叶わざるべき――と謡が続く。

不思議がる宗近に、童子は必ず願いが叶うと教え、日本武尊《やまとたけるのみこと》と草薙《くさなぎ》の剣について語る見せ場に移行した。

――それ漢王三尺の剣。居ながら秦《しん》の乱を治め。又煬帝《ようだい》がけいの剣。周室の光を奪へり……その後玄宗《げんそう》皇帝の鍾馗《しょうき》大臣も。剣の徳に魂魄《こんぱく》は。君辺に仕へ奉り……魍魎《もうりょう》鬼神に至るまで……。

シテと地謡の掛け合わせで調子よく盛り上がり、

――枯野の草に火をかけ。余煙しきりに燃え上がり。かたき攻鼓《せめつづみ》を打ちかけて。火炎を放ちてかかりければ……。

さらに力強く清貴が身振り大きく、敵を蹴散らす姿を演じていたときである。

ポトリ、と扇を床に落としてしまった。

清貴の動きが一瞬止まったが、地謡も囃子方も止まることなく進んでいく。

もっとも、能とは杓子定規ではなく、臨機応変に、役者と地謡、囃子方が間合いや様子を見計らいながら合わせるのが真骨頂であり、同じように見えて決して同じ舞台はないという。

清貴はほんのわずか戸惑ったような動きになったものの、引き続き続けた。

落とした扇は拾ってはならないのが、決まりである。隙を見て後見が拾うこともあるが、役者が手を出すことは決してない。扇のないまま、最後まで能を演じ続けるしかないのだ。

この決まりは扇のことだけではない。たとえば役者が演じている間に倒れたとしても、楽屋に連れ去って後、後見が代わりに続けて能を最後まですることになっている。それゆえ、後見には演者と同等かそれ以上の技量の持ち主が控えているのである。

やがて、前場に続き、後場には、狐の化身である清澄が登場した。

まさに霊狐《れいこ》の姿を表すために、白頭に厚板、半切《はんぎり》に法被《はっぴ》をつけ、相槌を打つ仕事のため片脱をつけている。厚板は、白地に金で細やかな青海波《せいがいは》の紋様である。頭には狐載《こたい》という、狐の形をした被り物があり、見せ場続きの後場が続く。その迫力ある能が、力強い仕舞で終わったとき、客席の者たちはみな茫然自失となっていた。

静かに清澄が橋掛かりから立ち去って、ふと我に返る人たちが多かった。

「——あ……びっくりした……もう終わったのや……」

彩華は隣の綸太郎に声をかけた。本当に眠りから覚めたような顔をしている。

「どうしよう……私、寝てましたわ……あまりに気持ちよいので、うとうとと……」

申し訳ないように言ったが、綸太郎は微笑み返して、

「前にも話したが、能は人を眠くなるように仕向ける芸能や。頭の中がスッキリしたやろ。昔の武将は、能を観ることによって、体の中を再生させてたそうや」

「ほんまどすか……」

「ああ、そこが歌舞伎や浄瑠璃と違うところやと俺は思う。お話で分からせるのではなく、魂に直に訴えてくるのや」

「はあ……難しいことはよう分かりまへんが……」

そう言いながら、彩華は何気なく客席に目を配っていた。どうやら、静音を探していたようだが、女の客はほとんどいないし、際立つ美女ゆえ、彩華はすぐに気づいた。

「あの人どすな」

「何がや」

「美しい女扇師さんですがな……ほんま惚れ惚れするほど綺麗……」

「おまえの方が綺麗やで。ぷっと怒っても翌日には機嫌ようなってるからな」

「そうせんと生きていかれへんからです」

「さよか。性分やと思うけどな」

小声で交わしていると、静音は茫然自失となった足取りで、一旦、客席から待合いの方へ出ていった。

「あの御方も能に感銘《かんめい》したんどっしゃろか。心ここにあらずみたいやわ」

「うむ……そやな」

綸太郎は静音の様子が少し気になったものの、彩華を連れて、楽屋見舞いに行った。能の楽屋は驚くほど広く、まるで御城の大広間が続いているような場所である。

その一角で、前シテの清貴がしくしくと泣いていた。側に寄ると舞台で見るより体が小さく、面を付けていたから分からなかったが、顔だちも幼かった。まだ衣装も着替えておらず、妙だなと綸太郎と彩華は見ていた。

「どないしたんどす」

彩華が心配そうに訊いたが、綸太郎も分からないままだった。

迎えに出てくれた清澄は、まだ演じた高揚感があり、体中から湯気が湧き出ていた。綸太郎に向かって深々と頭を下げ、

「よう来て下さりました。如何《いかが》だったでしょうか」

と訊いてきた。

「いやいや、驚きました。清貴さんは少しの間、見ないうちに立派になって、晴れて檜舞台を踏みましたなあ」

綸太郎が言った途端、清貴は堰《せき》を切ったように泣き声を上げて、

「全然、良くなかった……ああ、初舞台なのに失敗した……扇を落としてしもた」

と悔やんでも悔やみきれないと嘆《なげ》いた。

「落とすこともあらいな。私かて、何度か落としたことがある。それでも頑張っ

て、最後まで演じきった。上出来や」

　慰める清澄に、涙顔をキッと向けると、

「せっかく何十回も稽古《けいこ》してきたのに、肝心なときに扇を落としてしもた……あれなら、稽古《こ》で使うたのを持つのやった」

「仕方ないやないか。済んだことは、あれこれ言わず、次の舞台のことを考えなさい」

「扇が悪いのや」

「これ、なんてことを言うのや」

「あんな重い扇、私の手に合うわけがない。手首かて返しにくい。なんぼ綺麗な絵でも、使いものにならんかったら、能扇とは言えへん。二度と『俵屋』のものは使わん」

　よほど悔しかったのか、清貴は地団駄《じだんだ》こそ踏まないが、畳を叩いて嘆いた。そんな我が子の姿を見て、清澄は人前ではあるが、毅然と叱りつけた。

「これ。それは八つ当たりというものや。自分が落としたくせに、扇のせいにするとは、未熟者が言うことでっせ」

「そやけど、この扇は私のために作ったんやないのですか。なのに、初の舞台で、こんな恥ずかしい目に遭わされて、私はどうしたらいいのですか、父上」

「今言うたとおりや、己の未熟さを恥じたらええ。本当の芸達者は、着物や道具のせいにはせん。ましてや人のせいにはな」

清澄の言葉に、清貴は納得ができないとばかりにそっぽを向いた。

「よう聞け、清貴……扇を落としても、そのまま続けて舞うのはなぜか知ってるか」

「——知らん」

「なら肝に叩き込んでおけ。能は一期一会、生きてるのもその一瞬、正しいとか間違いとか、そんなものはない……同じ時は二度となく、戻ることもできない。そやさかい、持ち直したりせず、前に進むのや」

「……」

「扇は落としても、魂《いのち》は落とすな。そういうことや」

まだ十歳の子供には難しい話だろう。清貴はそれでも悔しそうに拳《こぶし》を握りしめたままだった。傍《はた》から見ていた彩華は思わず、「なるほど」とばかりに手を叩いた。吃驚《びっくり》して振り返った清貴に、

「あなたは性根があるなあ。悔しいとか、このやろうって気持ちは大事やと思

う。そうやって、次こそもっと凄い舞台を踏もうって、覚悟がある証や。私も学びたい」

と彩華は言った。

だが、清貴は小馬鹿にするように鼻で笑って、

「あんた誰や。そんな気持ち、もうない。すべてがオジャンや」

やけくそ気味に首を振ると、清澄は声を強めて叱りつけた。

「いい加減にしいや。その彩華さんはお客様や。お客様にまで八つ当たりするのんか」

清貴は顔が真っ赤になって、その場に居てても立ってもいられなくなった。逃げ出すように腰を上げたときである。廊下から、静音が転がるように入ってきた。

「申し訳ありまへん。私が悪かったんどす。清貴はん。ほんまに申し訳ございません」

静音は床に額《ひたい》を擦《こす》りつけんばかりに、懸命に謝った。

「たしかに、手の寸法や清貴さんの体の大きさ、重さ、衣装をつけたときの動き、足回りなどを何度も拝見して、ちょうど良いものを作らせて戴きました。でも……」

じっと睨むように見ている清貴は、それでも怒りが収まってない様子である。

「でも、なんですか」

「扇の緘尻《とじり》を、ほんの少しふっくらとさせすぎました。その分、扱いにくうなったのやと思います」

緘尻とは、要を付ける部分で、「顔」とも呼ばれ、流派によって微妙に違う。角張ったり、丸かったり、地味だったり、華やかだったりするのだが、白川流らしく開いた時に、緘尻も美しい扇形にしたのだ。そのため少し大きめになり、子供の手首返しなどでは不都合が生じたかもしれない。

そのことを、静音はひたすら謝った。清澄は申し訳なさそうに、手を上げてくれと言ったが、清貴はずっとふて腐れたままだ。

「ほれみなさい。扇師が過《あやま》ちを認めてるのやさかい、私のせいやない。どうやって後始末をつけるのですか」

清貴が声を荒らげると、

「扇師をやめます。そして、京からも姿を消します」

と静音は決然と言った。清澄は困惑したように、

「早まったことを言わんといて下さい。清貴はまだ子供やさかい、まともに相手

にせんでええです。ここはひとつ……」

と言いかけると、清貴は冷徹な感じで、

「本人がやめたいと言うてるのやさかい、勝手にして貰《もろ》うたらええ」

と言い放った。

さすがに清澄も表情を強張《こわば》らせて、怒声を浴びせようとしたとき、彩華はアハハと明るい声で笑った。

「みなさん、何を深刻な顔してはるんです。私、舞台の間、ほとんど寝てましたから、何の話か分からしまへん」

水を差すような言いっぷりに、他に控えていた能楽師や囃子方たちも呆気《あっけ》にとられたように振り返った。綸太郎も「これっ」と言う仕草で止めようとしたが、彩華はいつもの調子で、

「扇を落としたのも、あれ、お芝居かと思いました。その後、剣のことを色々と語って、剣を作るための壇を作って待ってなさいと姿を消すのやから、初めて見た人は、そんなもんかあと感じてたのとちゃいます？」

と話しかけると、清貴はまだふて腐れたような顔をしてはいるが、的外れの意見に呆れたのか、ふんと笑っただけだった。

「私はずっと、扇だけを見てました。動いているから、なかなか図柄まではよく見えませんでしたが、綺麗やなあって」

「──扇を見てた……」

不思議そうに清貴が訊き返してきた。

「へえ。蝶々《ちょうちょう》みたいになったり、時には風のように舞ったり、鋭い刃のようにシュッと見えたり、なんや不思議どした」

「能を観る人で、扇の話をしたのは、おばさんが初めてですわ」

「おば……私はまだ二十歳どっせ」

少し頰を膨らませたが、本気では怒っていない。

「もし、清貴さんが扇を落としたんだとしたら、それは扇に負けたんどすな」

「扇に負けた……」

「へえ。私らかて、着物に負けるとか、商売道具に負けるてこと、よく言います。つまり自分がまだまだやということです。それを知ってるからこそ、自分に腹が立つ。でも、自分の機嫌を直すのも、自分だけしかおらんのでっせ」

彩華が滔々《とうとう》と話してニッコリと笑いかけたが、分かったような分からないような顔で、清貴は聞いていた。だが、ひとつだけ得心したのは、

──機嫌は自分で直す。

という言葉だった。子どもなりに腑《ふ》に落ちるものがあったのだろう。

「分かりました。たしかに、落としたのは自分やし、人のせいでも扇のせいでもない。父上の言うとおりや……この扇は身に余る。ありがとう、おばさん」

「だから、おばさんやないて」

ひょいと手を出して笑う彩華の顔を見て、清貴も扇で指しながら笑い返した。

「そんなに、おもろい顔かいなあ……そりゃ、静音さんと比べられたら、おたふくもええところやけどな」

和《なご》やかな雰囲気が広がって、清澄も静音も少しばかりほっとした顔になり、お互いを見合った。そして、静音は綸太郎に向かっても、深々と頭を下げるのであった。

六

数日後、『咲花堂』に、静音がひとりで訪ねてきた。店番をしていた峰吉は、ドキッと静音を見やった。

「あ、これは『俵屋』さんの……」

従前から峰吉は顔を知っていた。実は『俵屋』には出入りしており、親同士が決めた許嫁《いいなずけ》だったことも承知していたからだ。

傍らから見ていた安徳坊も思わず、

「ふわあ……綺麗な人やなあ……うちの女将さんとはえらい違いや」

と上擦った声を洩らした。

「こら。ガキのくせに何を言うとるのや」

「峰吉さんこそ、鼻の下伸びてる」

「黙れ、こら。おまえと同じ年頃の白川清貴さんは、ちゃんと立派に成長してやな、檜舞台を踏んだのやで」

「俺だって清水《きよみず》の舞台には立ったことあるわい」

「もうええ。話があるから、おまえは奥へ行ってなさい」

峰吉が命じると、自分で比叡山で修行をした安徳坊という者だと静音に言ってから、奥に引っ込んだ。

「あの……お内儀の彩華はんは……」

「へえ。ちょいと出てますが、綸太郎さんも何処ぞに行ったまま留守でして」

「さようですか……」

残念がりながら、静音は袱紗を広げて、二本の扇を出した。

八寸と七寸くらいのもので、いずれも真っ白な竹に、白地と赤地に松や梅の美しい紋様が入っていた。親骨の竹と合わせて、〝松竹梅〟とめでたさを洒落たものだ。

「これを、綸太郎さんと彩華はんにお渡し下さいませ。お子さんも早う儲けて、末広がりに幸せになりますようにと」

「――こりゃ丁寧にどうも……でも、もうよろしんでっか」

「何がです」

「え、何がって……私も何度か『俵屋』さんには、主人の遣いに行ったことがあります。その都度《つど》、いつ頃がよろしいかと訊かれました。ええ、祝言の話です……でも、その頃、うちの若旦那は、江戸にぶらりと行ったままでしたから……」

申し訳なさそうに峰吉は頭を下げた。

「なんや若旦那、女のことはどうも煮え切れなくて、その……」

「何とも思てしまへん。この前、初めてお目にかかりましたが、お似合いの夫婦やと思います。それで、精魂込めて、その夫婦扇、作らせて戴きました」

「さいですか……ありがたいことです。謹《つつし》んで、頂戴《ちょうだい》しておきます」

峰吉が礼を言ったとき、表から彩華が帰ってきた。静音とお互い、「おや」という顔になって、ぎこちない挨拶を交わした。

「この前は、どうも」

ふたり同時に同じ言葉を言った。それがおかしくて、くすりと笑い合うと、

「なんや、峰吉さん。お茶も出してないんですか」

「あ、只今……」

峰吉は気をきかすように、扇の説明だけをして厨房《ちゆうぼう》の方へいった。

「まあ、こんな素敵なものを……」

嬉しそうに手にする彩華に、静音は改めて先日の礼を述べた。

「助かりました。私にとっては一世一代の舞扇だったんです。まさか落とすとは思ってもみなかったのですが、やはり私のせいです。庇《かば》ってくれて、ありがとうございました」

「そんなことは……でも、その後、どうなりました」

「清貴さんも素直に謝ってくらはりました。私の首が繋がったのは、彩華さんの

お陰どす。綸太郎さんは、ほんまええお嫁さんを貰《もろ》うて、羨《うらや》ましい限りです」

「とんでもない……」

彩華は嬉しそうに夫婦扇を開いて見て、ほんわかした気持ちで眺めながら、

「ほんまに嬉しいです……これからも、よろしくお願い致します。うちでも、『俵屋』さんの扇、扱わせて貰いたいです」

と言うと、静音は首を横に振りながら、はっきりと断った。

「いいえ。おふたりとはもう、あまり会わない方がよいと思います」

意味深長な言い草に、彩華の心が俄に曇った。

「なんでです」

「私の心が乱れるからです。扇に打ち込むためには、小さな澱《よど》みも綺麗に浚《さら》っておいた方がええと思いまして」

「やはり……何かあったんですか、うちの人と……初めて会《お》うたと話してましたが」

不安げな顔になった彩華に、静音は穏やかな微笑みを浮かべて、

「ありまへん。でも、私にとっては、初めて会《お》うた人ではありません。ずっと遠くから拝むように見てました。江戸に行くまでは」

「江戸に行くまでは……」

彩華は思い切って訊いてみた。

「本当は好きだった……ということですか」

「逆です」

「――逆……どういうことです」

「私には勿体《もったい》なさ過ぎる人やと思うてました。親からは勧められましたが、ええ、その頃の事情は、峰吉さんも知ってると思いますが……私の方から断ったんどす」

「……」

「もちろん、裏での話で、綸太郎さんは知らんことやと思います。実は、私……他に惚れていた人がおりまして……」

思い切ったように静音は告白した。すると、彩華はすぐに返した。

「錦之助さんですね」

「えっ……どうして、それを……」

静音は驚きよりも、恥ずかしさの方が勝ったようで、頬が紅葉《もみじ》のようになった。彩華は夫婦扇を大切そうに胸にあてがい、

「うちの人……知ってましたよ……もちろん、会ったのは初めてやそうですが、静音さんには別に好いた人がおる。そやから、余計なことをせんでくれと、お義《と》父《う》様に頼んだそうです」

「……」

「その代わりが私です」

彩華は天真爛漫《てんしんらんまん》な笑みを浮かべて、

「なんていうのは嘘で、静音さんの前から私が決められてたんです」

「はい。それも承知してました」

「親や親戚が、人の恋路にガタガタぬかすなと言いたいくらいやわ。そやけど、これが女の道……お互い辛いですねえ」

ざっくばらんに話す彩華のことを、静音は羨ましそうに見ている。

「それでね、静音さん……実は、うちの人、錦之助さんを探しに行ってんです。叔父さん……天山丸さんと一緒に」

「え……ええッ」

あまりに唐突な話に、静音の方が滑って転びそうであった。

「きっと『班女』のような気持ちやろうと、どうでも錦之助さんを連れ戻そうとね。もっとも、私、『班女』なんて観たことありまへんが、扇を渡して待たせるなんて、なんや色男みたいで嫌やけど、そういうのに女は惚れてまうんですよ

「……」

「あ、ごめんなさい。悪口やないですよ。でも、修業かどうか知りませんが、女を待たせるのは、ようありまへん」

彩華は自分のことのように案じて、つい余計なことを言ってしまった。だが、静音は有り難く受け取って、

「ほんまに、上条さんには彩華さんがようお似合いやと思います。千年前から契りを交わしてたと言うてはりましたが、ほんまにそのとおりやと思います」

「旦さんが、そんなことを……」

「へえ。末永く、お幸せに」

静音が礼をして立ち去ろうとするのを、彩華は止めて、

「今、話しかけたことですけど、うちの人と天山丸さんが、必ず錦之助さんを連れて帰ると思います。天山丸さん、なんや知らんけど、宝探し同然に、人探しも得意なんです」

「いえ、私はもう……」

「余計なお節介も、うちの旦さんの悪い癖ですが、どうか期待して待ってて下さい。きっと吉報《きっぽう》があると思います」

彩華は励ますように言ったが、静音は清楚《せいそ》な微笑みを返して、もう一度、深々と頭を下げるとゆっくりと立ち去った。

神楽坂には参拝客がちらほらいたが、その後ろ姿を見送りながら、

「ほんまに美しい……立てば芍薬《しゃくやく》、座れば牡丹《ぼたん》、歩く姿は百合《ゆり》の花……とは、よう言うたもんや。うらやましいわ」

と溜息をつくと、すぐ後ろから安徳坊がすぐさま声をかけた。

「立てばギクシャク、座ればドタン、歩く姿は丸太ん棒……ですもんね」

「誰がや」

振り返る彩華を見て、安徳坊は知らん顔をして店の前を箒《ほうき》で掃《は》き始めた。奥から茶を運んできた峰吉を見て、

「峰吉さんが言うてましたわ」

と思わず安徳坊は言った。すかさず彩華は、その安徳坊の頰を抓《つね》って、

「だから、誰のことや」

「女将さんのこととはちゃいますよ、はは。だって、女将さん、静音さんに全然、負けてまへん、負けてまへん」

誤魔化《ごまか》し笑いをする安徳坊の頬から手を離して、

「遅いがな、峰吉さん。もう帰ってしもうたやありまへんか」

と彩華が責めると、峰吉は茶碗を自分で啜《すす》ってから、アチチと唇を歪《ゆが》めた。

七

さらに数日してから、天山丸が『咲花堂』に風のように現れた。旅の荷物も解かぬ間に、「綸太郎はおるか」と大声で呼んだ。

大坂の賑《にぎ》やかな所で育った彩華でも、天山丸のいきなり銅鑼《どら》を鳴らすような声には、なかなか慣れなかった。

「旦さんは帰って来てますが、今日は用事で出かけてます……」

彩華が答えると、天山丸はいつもの呆れ顔で、

「なんや、あいつはいつもおらへんな。俺が来ると、どっかに隠れとんとちゃうか」

と奥を見る仕草をするが、峰吉が横合いから、安徳坊と一緒に出かけていると言葉を挟んだ。天山丸はどっかと店の床机《しょうぎ》に座ると、振り分け荷物の中から、何やら取り出しながら、

「綸太郎はしょうたれやから、途中で帰ってもうたが、俺は見つけてきたで」

と文句を垂れた。

取り出したのは、一本の扇だった。

ゆっくり開くと、見事な金地に様々な人や建物、草花などが散った図柄で、まるで高級な嵯峨本のようであった。

「どうや……」

天山丸が訊くと、彩華は小首を傾げて、

「えっ……どうやって……とても綺麗やと思いますが」

「錦扇《にしきおうぎ》ちゅうらしい。そう銘打って、江戸ではなかなかの人気らしい。なに、江戸まで行ったわけやない。大坂の難波津《なにわづ》で、扇商人から教えてもろたものや」

「なんですのん」

「日ノ本の扇は、唐、天竺、南蛮《なんばん》でも人気らしくてな、長崎交易でも結構、高値で売れとるのや。そやから、思うところあって訪ねてみたのや」

「へえ……」

「元々、扇はこの国が作ったとはいえ、両面張りを考えたのは明国《みん》の人らしい。それを、さらに丁寧に仕上げるよう工夫したのは、日本人や。素晴らしいこっちゃ」

扇を軽く煽《あお》ぎながら、天山丸は続けた。

「これを錦扇……というのは、錦絵をもじったものかと思うたのやが、よくよく聞いてみたら、錦之助が絵付けした扇のことらしい。よって、〝キンセン〟と呼ぶ人もおる」

「錦之助って、あの……」

「そや。見つけたで」

自慢げに扇を見せつける天山丸に、彩華は訊き返した。

「見つけたのは、扇だけやのうて、錦之助さんの居所も分かったということですか」

「ああ。その扇商人から、住んでる所を聞いてな、文《ふみ》を出した。なんでも、江戸の浅草《あさくさ》に住んでるらしい」

「文を……」

「ああ、恋文やがな。俺がちゃちゃちゃっと代筆した」

贋作《がんさく》も手がけていたくらいだから、人の筆跡を真似るのはお手の物だった。天山丸は、静音の今の状況を丹念に、『俵屋』の結蔵に聞いてから、静音に成り代わって、思いの丈をぶつけたのだ。

「そんな……めちゃくちゃなことして、却《かえ》って、静音さんに迷惑がかかりますがな」

余計なことをしてはいけないと彩華は言ったが、嘘か本当か、考えたのは綸太郎だと天山丸は主張した。

「転がした賽《さい》の目が、丁《ちょう》と出るか半《はん》と出るかは知らんが、このままでは蛇《へび》の生殺しや。あんな綺麗なお嬢さんが、一生、扇職人やなんて、そりゃおかしな話や」

「別におかしいとは思いませんが……本人が選んだことならば」

「それが本音か嘘か、確かめてやるのが、粋《いき》というものやないか。もし、錦之助を諦めるというなら、俺が嫁に貰う」

天山丸は事もなげに言ったが、アホらしいと彩華は苦笑した。

「だって、叔父さんには、置屋『喜久茂』の芳枝はんという大事な人がおるやないですか。怒られまっせ」

「そこは、ただの居候《いそうろう》やがな」

「告げ口したろ」

「それは、やめてくれ……とにかくやな、人の恋路のこととはいえ、はっきりせんと、どうもモヤモヤしてあかんのや」

「で……なんて書いたんですか、その文は……」

「そりゃ、内緒や。けど、必ず錦之助は帰ってくる。来なけりゃ、人でなしかアホや。で、もし帰らなかったら、俺が正式に一緒になってくれと静音さんに申し込もうと思う」

にんまり笑う天山丸に、彩華はまともに返すのもばからしく、

「どうぞ、勝手にしなはれ……」

と呟くだけだった。

一月ほど後のことである。ひとりの三十絡《がら》みの旅姿の男が、『俵屋』の前に立った。逢魔が時と呼ばれる薄暗い中に、ぽつんと現れた姿を見て、暖簾《のれん》を下げようとした静音は、ハッと立ち尽くした。

男は深々と腰を折って頭を下げると、

「――静音さん……ご無沙汰しております……」

穏やかな声で挨拶をした。

すぐに錦之助の声だと、静音には分かった。

「びっくりした……錦之助やないか……まあ、お入り……」

「いえ。『俵屋』の敷居を跨《また》ぐことができる身の上ではありません」

「そんなことを言わず、さあ……」

「いえ、それは……」

「構へん。今は結蔵がおるだけや。あんたの顔を見たいと、常日頃から言うてます」

「尚更《なおさら》、会えません……どうか、ここで……」

少し離れた小さな寺の境内に、錦之助は足を運んだ。短い溜息をついた静音は、仕方なく、後をついていった。

錦之助は振り返るなり、

「ご丁寧な文を、ありがとうございました……」

「――文……？」

静音は不思議そうに見たが、構わず錦之助は続けた。

「じっくりと読まさせて貰いました……私が店を出てから、旦那さんが急な病で亡くなったこと……こいさんが、跡を継ぐために修業をなさったこと。能扇や舞扇をこさえて、評判になってることなど、つぶさに分かって、嬉しゅうございました」

「評判なんて、そんな……それこそ、あんたこそ凄い評判の扇師になっておいでやないか。ええ、『咲花堂』の主人から聞いております。江戸浅草で一番の……と」

「えっ……『咲花堂』の……」

錦之助も意外だという顔になったが、

「では、綸太郎さんと一緒になってないのですか」

と訊いた。

「へえ。あの方は、彩華さんという可愛らしい、ええ方と縁がありましてね」

「では、やはり今もひとりなんですか……」

「ええ、そうだす」

短い間があって、錦之助は戸惑ったように言葉を選んでいるようだった。

「なんや、錦之助らしくない……ここじゃ、なんや……家の中に、さあ」

「あ、いえ……」

錦之助は思い切って声にした。

「実は私は、江戸に行ってから、なかなか上手いこといかずに、ちょっとふて腐れていた時期がありました……その頃に出会った指物師《さしものし》に世話になって、その娘さんと一緒になったんです」

「──そうだったんか……」

静音には少し衝撃だったが、黙って聞いていた。

「子供もひとりいてます。男の子で、まだ歩き出したばかりですが、誰に似たのか、やんちゃで困ってます」

「そりゃ、よかった……」

「ですが、ずっと気になっておりました。いつか『俵屋』に帰って、屋号に恥じない立派な扇を作って、京扇の手本になるような、凄いのを作りたいと思ってました」

「へえ……」

「もし帰れるような腕になったら、こいさんに、その……胸の内を明かそうと思うてましたのや。でも……」

「……」

「でも、亡くなった主人に、『おまえには無理や。絵は上手いが心がない。妙に世間擦《ず》れしてて、華がない。品もない。所詮《しょせん》は、どこぞの流れ者や。そんなおまえに、静音はやれん』……そう言われました」

少しずつ声が震えてきた錦之助の言葉が、嘘とは思えなかった。静音は唇を閉じて、じっと聞いていた。

「そやから私は、逃げるように飛び出したんです……その時は、いずれ主人に認められるような、立派な舞扇を作って、『これでどうや、静音さんを嫁に下さい』と見返してやろうという気持ちでした」

「……」

「でも、頑張れば頑張るほど、焦《あせ》りが出てきて……ああ、やっぱり主人の言うたとおりや、華も品性もないものばかり……見る目のない素人や異国の人が喜ぶ程度の扇しかでけへん……そう悟《さと》りました」

ズルッと鼻を鳴らして、錦之助は膝を折り、その場の石畳に座り込んでしまった。

「それでも、往生際《おうじょうぎわ》が悪くて、扇作りは諦められへん……女房の親父さんには悪いが、指物ではなく、扇屋を開きました……そこそこ売れるようになりました。浅草寺《せんそうじ》参りの客相手ですけど、食うためです」

「……」

「でも、『俵屋』で学んだことは忘れてまへん。主人に教えてもろたこと、結蔵さんにどつかれながら叩き込まれたこと……精一杯、自分なりに取り入れてるつもりです」

錦之助はしだいに感極まってきて、静かな涙声になった。

「なのに……あの文は、私にとって殺生《せっしょう》でした……女房にも見せられへんもんでした……あんなに、こいさんが私なんかのこと、思うてくれてたとは、爪の先程も考えてなかった……片思いや思うてました」

「……」

「今更、なんですが……扇を置いて、待っててくれなんて言うて申し訳ない……それを一言……一言だけでも謝りたくて……」

その後は言葉にならなかった。

すっかり暗くなり、本堂の屋根の上から微かに月明かりが射しているだけの境内で、ふたりは黙ったままだった。

「――錦之助……あんた、そんなことのために、わざわざ江戸から来たんか」

「へ、へえ……」

「アホやな。女房子供がおるのなら、そんな文、捨て置いたらよかったのや」

静音は何となく、天山丸が書いた偽文であろうことに勘づいたが、あえて言わなかった。書かれた内容のことは知らないが、静音の本心に近いことが記されていたに違いないと思ったからだ。

「でも、これで私も気持ちがスッキリした。これから『俵屋』を背負うていく、ほんまもんの決心がついた」

「こいさん……」

「幸せになりや。私も、あんたより、もっと幸せになりますさかい」

凛《りん》と佇《たたず》んで言う静音の姿が、仄《ほの》かに月光を浴びて、まさに観音《かんのん》様のように美しかった。錦之助は拝むように見上げた。

「ちょっと、おいで……」

静音は店の前まで、錦之助を誘った。店に戻った静音は、飾ってあった扇を持ってきて、錦之助に手渡した。例の錦之助自身が、最後に作った扇である。

「これ、持っていき」

「え……」

「約束通り、帰ってきてくれはったさかいな……この扇は、凄くええ出来映えやと、お父っつぁんは誉めとった。そやさかい、店に飾ってたのや」

「ほ、ほんまですか……」

「ええ。ほんまどす。そやから、これからも自分が作ったこれを手本にして、ええ扇を作って下さい。『俵屋』の粋《すい》が詰まった扇やと、私も思います」

「……」

「そっから先は、あんたのものや……私も頑張りますさかい……あんたも、な」

それだけ言うと背中を向けて、静音は店の中に飛び込むように入って、バタンと扉を閉めた。その音に驚いた結蔵が、奥から覗くように出てきて、

「どないしました、静音さん」

と言いながら、外の人影に気づいた。

「誰です」

「いいえ、誰でもおへん」

静音はそのまま奥の部屋に上がると、ううっと声を殺して泣き出した。

「こいさん……」

「なんでも、おへん……なんでも……」

嗚咽《おえつ》する静音の背中を、結蔵は黙って見ていた。思わず表に出て辺りを見廻したが、すでに誰の姿もなかった。

月影が長く伸びているだけであった。


そんなことがあったことなど、綸太郎と彩華は知るよしもない。

だが、静音は何か吹っ切れて、いかにも扇職人という姿で頑張っているという噂は、ふたりとも耳にしていた。

「さあ、寄ってらっしゃい、見てらっしゃい。この扇、そんじょそこらの扇じゃないよ。今をときめく、いや京といえば『俵屋』の扇だ。それがたったの一朱《しゅ》だよ。一朱で身も心も綺麗に煽げるのだから、お買い得。さあさあ、吉田神社参詣に来たからには、守り刀の代わりにお持ち帰り下さい。そもそも扇は、神代《かみよ》の頃から……」

いつものように、彩華は神楽坂を往き来する人たちに、休憩所として茶を出しながら、商売に熱心である。扇は、『俵屋』で売れ残ったものを、どっさり仕入れてきた。

さすがに綸太郎は、彩華のテキ屋のような商いには恥ずかしく思っていたが、文句も言わず、好きにさせていた。

売り台に置いてある扇の中から、綸太郎は一本、取り上げて、

「これは、静音さんが作ったものやな。もっと、ええ値をつけてええんとちゃうか」

と助言すると、彩華は俄にピクリと頬を引《ひ》き攣《つ》らせた。

「なんや……」

「静音さんが作ったって、なんで分かりますのん」

「そら、絵の描き方もそうやが、この胴や顔、三ツ彫のやり方、縅尻なんか、静音さん、そのものやないか」

「へえ、えらい詳しいですなあ、あの人のこととなると」

「一応、目利きやからな」

「——もうッ。腹立つ……扇売るのやめや、やめや」

「なんでや」

「旦さんが、あの人のことを思い出すから、嫌なんです」

「自分から扇を売りたいと言い出したのに、なんやねんな」

「待てよ。どうせなら、ぜんぶ売り飛ばして、すっきりさせよ。さあ、寄ってらっしゃい、見てらっしゃい。この京一番の『俵屋』の扇、今日は大吉やさかい、どれもこれも二十文でうりまっせ。たったの二十文どっせ」

「おいおい。それは、なんぼなんでも、安すぎるやろ。十分の一以下やないか」

「ええんどす」

やけくそなのか楽しんでいるのか、綸太郎にとっては毎日が、面白くてかなわなかった。明るい嫁さんがいるということは、こんなに幸せな気分になるのかと、改めて吉田神社の方に向かって、綸太郎は柏手《かしわで》を打った。

遠くで笛や太鼓など囃子の音がする。

そういえば、もうすぐ祇園祭だ。祇園社の御霊会《ごりようえ》から始まった古式ゆかしい祭りは、今では立派な山鉾《やまぼこ》を町衆が巡行させる賑やかなものだ。夏の風物詩を楽しみにしている人々は、気もそぞろであろう。

「彩華……今宵は祇園さんに出向いてみるか……なんや嬉しい気分や」

綸太郎が声をかけると、微笑み返したものの、扇売りに余念がない彩華であった。

夏の陽射しが穏やかに『咲花堂』を包み込んでいた。

一〇〇字書評

切り取り線

購買動機（新聞、雑誌名を記入するか、あるいは○をつけてください）	
□（　　　　　）の広告を見て	
□（　　　　　）の書評を見て	
□ 知人のすすめで	□ タイトルに惹かれて
□ カバーが良かったから	□ 内容が面白そうだから
□ 好きな作家だから	□ 好きな分野の本だから

・最近、最も感銘を受けた作品名をお書き下さい

・あなたのお好きな作家名をお書き下さい

・その他、ご要望がありましたらお書き下さい

住所	〒				
氏名		職業		年齢	
Eメール	※携帯には配信できません	新刊情報等のメール配信を 希望する・しない			

この本の感想を、編集部までお寄せいただけたらありがたく存じます。今後の企画の参考にさせていただきます。Eメールでも結構です。

いただいた「一〇〇字書評」は、新聞・雑誌等に紹介させていただくことがあります。その場合はお礼として特製図書カードを差し上げます。

前ページの原稿用紙に書評をお書きの上、切り取り、左記までお送り下さい。宛先の住所は不要です。

なお、ご記入いただいたお名前、ご住所等は、書評紹介の事前了解、謝礼のお届けのためだけに利用し、そのほかの目的のために利用することはありません。

〒一〇一－八七〇一
祥伝社文庫編集長　坂口芳和
電話　〇三（三二六五）二〇八〇

祥伝社ホームページの「ブックレビュー」からも、書き込めます。
www.shodensha.co.jp/bookreview